Élisabeth Brami est née en 1946. Elle a écrit de nombreux ouvrages pour la jeunesse. Après *Je vous écris comme je vous aime*, lauréat du Festival du Premier Roman de Chambéry, et *Mon cher amour*, elle signe avec *Les Heures secrètes* son troisième roman.

Élisabeth Brami

LES HEURES SECRÈTES

ROMAN

Éditions du Seuil

Exergue : © Romain Gary, *L'Angoisse du roi Salomon*,
Mercure de France, 1979

TEXTE INTÉGRAL

ISBN 978-2-7578-2882-3
(ISBN 978-2-02-104576-5, 1re publication)

pour Pierre Lary

On est toujours plus vieux qu'on ne le croit,
mais aussi plus jeune qu'on ne le pense.

Romain Gary

1

– Enfin vous ! Ce n'est pas trop tôt, je ne vous espérais plus.

La vieille dame est dans le parc, au bord de la pelouse, à l'ombre, toute petite dans son fauteuil roulant.

Il se penche. Elle l'attire à elle pour l'embrasser, d'une main noueuse et énergique. À ce contact sur sa nuque, il ferme les yeux de douceur, l'émotion étouffe sa voix.

Il a toujours du mal à lui dire le moindre mot pendant cette accolade, prélude à leurs divagations habituelles. Avec Léa, pas de langue de bois, pas de bavardages convenus. Seules importent les questions qui visent au cœur, qui vous perturbent, vous transpercent. Ces questions dont les réponses vous forcent à la plus exigeante honnêteté, à dépasser les convenances et parfois les règles morales. À vous dénuder.

– Alors, comme ça, on vient contempler les vestiges du passé ?

– C'est fou ce que vous sentez bon, Léa…

– Merci du compliment ! Je ne vois pas pourquoi je puerais. Je ne suis pas encore en état de décomposition avancée, que je sache.

Elle est redoutable, Léa, redoutable et absolument irrésistible. Sa voix oxydée au fil des ans a conservé d'extraordinaires accents juvéniles, une ironie décapante, un charme qu'il n'ose qualifier d'érotique. Lorsqu'il est auprès d'elle, il perd la notion de son grand âge. Elle fuse de malice et de vivacité. Plus les années passent, plus il admire sa belle-mère qu'il a côtoyée toute sa vie.

Autant Régine se voulait une femme de principes, relativement traditionnelle, autant sa fantasque mère est de la trempe de ces pionnières de l'intelligentsia d'Europe de l'Est dont la liberté de pensée assume jusqu'à son amoralité. Cela le réjouit. Les propos péremptoires de Léa ont souvent offusqué la famille Epstein, à commencer par son pauvre Nathan de mari et ses enfants. Aujourd'hui, s'ils l'entendaient, ils seraient scandalisés. En prenant de l'âge, il semble qu'elle ait acquis un droit inaliénable, celui d'une parole totalement libérée.

Narquoise, fine, imprévisible, Léa émeut profondément l'homme vieillissant qu'il est devenu. Mais n'a-t-il pas toujours eu un faible pour les vieilles dames ?

Il se souvient d'un après-midi de dédicaces du temps de sa librairie, de la délicieuse romancière anglaise septuagénaire pour laquelle il avait organisé une rencontre-débat dans la salle voûtée et qu'il avait prise par la taille pour l'aider à descendre les marches en pierre du sous-sol. Quelque chose l'avait poussé vers elle, sa fragilité, son sourire de jeune épousée. Un curieux silence s'était glissé entre eux, déplacé en pareilles circonstances. Cela n'avait fait que confirmer leur trouble mutuel. Et lui, qui à l'époque abordait la soixantaine, s'était surpris à rêver d'elle après son départ, pris sous son charme. Ils avaient correspondu quelque temps, par la suite.

– Alors, que devient le jeune motard ? Toujours aussi fringant, à ce que je vois. Tenez, auriez-vous la gentillesse de courir demander qu'on cherche mes lunettes ? L'infirmier m'a embarquée au jardin *manu militari* sous prétexte de me faire prendre l'air avant les grosses chaleurs. Pas eu le temps de dire ouf ! Enfin… dans mon flou artistique, je vous trouve plutôt une bonne bouille. Vous n'allez pas trop mal, on dirait… Je me trompe ? Voyons ça de plus près.

Il revient avec les lunettes de Léa, et un fauteuil de jardin en plastique blanc qu'il a attrapé au passage.

Dans le contre-jour, il lui fait face, et elle ne se gêne pas pour le scruter d'un air pointu de gouvernante début de siècle.

– Ma Léa, il ne vous manque que le chapeau à voilette et le face-à-main… Vous êtes parfaite !

– Mais vous, mon gendre, je vais vous faire une confidence : je ne me fais pas à votre barbouze de guérillero mexicain. Vous savez, lorsque je pense à vous, vous avez toujours seize ans, la peau douce et des culottes courtes. Le bon vieux temps, quoi… « Bon vieux temps »… vous ne trouvez pas que c'est une expression grotesque ? Tout compte fait, à y voir de plus près, vous ne me paraissez pas aussi frais que ça…

Dans cette déclaration d'affection détournée, il s'enchante d'apprendre qu'elle pense à lui parfois, perçoit des regrets voilés. Et, comme toujours, ce vouvoiement qu'il adore… Ils n'ont jamais voulu adopter le « tu », malgré la pression insistante de leur entourage. Surtout celle de Régine et Nathan. Quant à Étienne, il comprenait, lui, les beautés subtiles du « vous », il en était jaloux. C'était un romantique un peu désuet. Et il le serait resté s'il avait vécu.

– Allez, racontez, au lieu de me faire le coup du regard bleu par en dessous. Ça ne prend plus avec moi, j'ai passé l'âge. Bon, je vous écoute. Parlez fort, j'ai un problème de pile à droite… toujours ce fichu appareil…

Il aime cette entrée en matière qui annonce la deuxième séquence. Il aime cette exigence de vieille enfant impatiente et curieuse qui réclame une histoire. Pour commencer, il passe en revue quelques informations d'ordre familial, des nouvelles de Flora et d'Aurélien, ses chers « grands petits-enfants invisibles », et même des « news » de Sam, l'arrière-petit-fils « made in USA ». Puis il lui commente un ou deux faits d'actualité en prenant soin de ne pas lui faire partager ses sombres analyses personnelles et son pessimisme foncier sur l'état dégradé du monde.

Il sait que s'il approche de trop près des bords de la tristesse elle le retiendra net avant le gouffre, d'une main sur son bras ou sur son épaule. Elle a toujours su être à son écoute, Léa. Qu'il range sa rogne et sa grogne. Elle le connaît comme si elle l'avait fait. Tout est si absurde sur cette terre, si insensé, à quoi s'attendait-il ? Ne remarque-t-il pas le comique décousu des choses et des événements ? Vaste tragi-comédie à répétitions. Rebondissements de mauvais goût. Mascarade. Inutile de s'épuiser à comprendre !… Bientôt elle tirera sa révérence, ensuite ce sera lui – mais le plus tard possible, bien sûr. Trois petits tours et s'en iront rejoindre les autres, leurs chers disparus.

– Mais, au fait, où en sont vos amours d'été ?

Chaque fois, il est estomaqué et ravi par ses pirouettes. Il éclate de rire, un peu ébranlé par ce revirement cocasse. Et, au final, il se lâche, brode, s'attribue des aventures tapageuses, des idylles loufoques, un scénario plein de maris jaloux, de rivaux sanguinaires, de beaux-frères mafieux, et de duels aux aurores dont il sort en héros. Il s'invente, pour l'amuser, des passions sublimes. Et elle lui donne la réplique à la perfection. Entre eux, pas de fausses notes.

– Vous savez, Léa, c'est peut-être la dernière fois que nous nous voyons : le fleuret n'est plus mon fort ! Les réflexes, que voulez-vous, les réflexes… Je suis définitivement rouillé. Demain sur le pré, à l'aube, je ne réponds de rien…

Peu à peu, ils perdent leur entrain. Leur goût de la plaisanterie vire à l'amertume, et comme chaque fois, d'un accord tacite, ils cessent de blaguer pour partager le repos d'un long silence. Un ange passe et cet ange s'appelle Régine, Étienne ou Nathan. On ne sait pourquoi ni comment, leur présence s'est mise à planer, à s'appesantir sur leurs épaules.

Ils font mine de s'étonner de l'heure tardive, de la

fraîcheur de la brise, en ce moment attendu et redouté où le cortège de leurs morts vient régulièrement les rejoindre dans ce parc tiré au cordeau.

Alors, poussant lentement la chaise roulante, il dirige Léa vers l'allée, toute joie éteinte, content qu'elle soit contrainte de lui tourner le dos. Le spectacle qu'ils se sont donné s'achève. Ils ont bien joué. Ils ont bien ri. Voici l'ouverture de la troisième et dernière séquence, ensuite : rideau ! Aucun des deux n'est dupe. Ils longent le parterre entêtant des pétunias gorgés de soleil, les prétentieux bosquets d'hortensias bourgeois aux boules rose dragée et bleu layette. Les pneus raclent les gravillons, traçant après leur passage deux rails parallèles.

Le silence se fait lourd. D'un air détaché, il se ressaisit, cherche à prendre des nouvelles de sa santé : et cette hanche ? Et ces douleurs articulaires ? Elle l'envoie sèchement balader :

– Épargnez-moi ce genre de mièvreries, mon cher gendre. Pas de ça entre nous !

Sous la véranda, des pensionnaires ont déjà pris place, figés, chancelants, apathiques ou parcourus de spasmes. Le thé va être servi.

Plus tard, il la reconduit à l'étage par le monte-malade. Le personnel, en effectif insuffisant, est souvent débordé. La raccompagner dans sa chambre est devenu un rituel auquel ils tiennent, elle et lui.

Sur la table de nuit, trois visages figés sourient dans un sous-verre ovale. Subitement, il aimerait encore avoir seize ans, et que tout fût à vivre. Il aimerait s'effondrer sur ce lit à plumetis, pleurer contre les genoux de sa chère Léa. Et qu'elle le console de tout, de la vie, des injustices, de leur immense solitude…

Il ne sait pas plus lui dire au revoir qu'il n'a su lui dire bonjour. À peine une caresse rapide sur la joue translucide et parcheminée, et le voici au seuil de la porte. Elle fait mine d'essuyer, le regard vague, une buée sur ses lunettes, du coin de son écharpe de soie grège.

– Revenez vite. Vous reviendrez, dites ?… Vous savez… c'est bientôt… dans quelques jours… le jour… Régine…

Sa voix s'étrangle.

– Oui, Léa. Je sais.

Comme après chacune de ses visites, il va un peu forcer sur la vitesse. Monter à deux cents pour entendre rugir le moteur puissant de la Ducati. Pleins gaz vers Paris par l'autoroute. Il se débarrassera des miasmes de la maison de retraite, de la chape de tristesse et des larmes retenues. De la sinistre prison de Léa.

La tranche desséchée du cake n'est pas passée. Sur une aire de repos, à mi-chemin, il s'arrête pour se rouler une cigarette, pense que la prochaine fois, avant de quitter Paris, il fera un saut rue des Rosiers pour lui rapporter ce qu'elle préfère, ce qu'ils préfèrent tous deux : du gâteau au fromage blanc de chez Finkelsztajn.

2

Il gare sa moto dans la cour dite « arborée » entre le thuya chétif et le local-poubelles, ôte son casque qu'il range dans le top-case, fixe la chaîne antivol, puis se passe les doigts en peigne dans les cheveux.

En traversant le hall, il croise son inévitable image en pied dans la vitre de l'ascenseur.

Il prend par l'escalier.

Le bleu de ses yeux. Voilà tout ce qui lui reste. Un bleu d'iceberg. Un bleu d'enfance. Il en a toujours joué, de ce doux héritage maternel. Sa mère et lui s'étaient si souvent abîmés dans leur regard l'un à l'autre, s'étaient tant complu à s'y mirer, à s'y engloutir voluptueusement, dans ce bleu, que personne n'avait jamais pu faire le poids. Surtout pas le *pater familias*.

Du bleu, et autour les peaux flétries de la vieillesse : joues creusées, bajoues un peu molles, bouche amère coincée entre deux parenthèses, pas de double menton tout de même, mais des paupières tombantes et plissées qui donnent à l'ensemble un air de tristesse. Coup de chance : pas de poches sous les yeux et sur son front, depuis des lustres, des rides plutôt spirituelles traçant une étrange portée ornée d'un grain de beauté malicieux comme une note de musique. Et puis des cheveux. Étonnants, ses cheveux. Drus, épais, d'un blanc de craie. Un jour, près du square Saint-Médard, une fillette avait crié en le montrant du doigt : « Maman, t'as vu, c'est le Père Noël ! »

Cependant, longtemps déjà qu'il évite son reflet dans le miroir piqueté de la salle de bains. Cela date d'avant la mort de Régine.

Ne pas trop scruter les ravages de sa longue vie sur son visage. L'éviter soigneusement, sauf à lui faire esquisser un sourire, ce qui remonte les traits, tend les joues et le rajeunit notablement, d'autant que sa denture n'est pas trop ignoble. Là encore, c'est à prendre comme un cadeau du ciel, un bienfait génétique. Sa vieille mère n'a-t-elle pas quitté ce bas monde des dents plein la bouche ?

Sept ans auparavant, l'été de la mort de Régine, il avait décidé de se laisser pousser la barbe. Autre vie, autre tête. Un inconnu venait de naître. Façon de moins rencontrer son image chaque matin. Façon de survivre à la catastrophe.

C'était lors de sa traversée de l'Atlantique à bord du cargo islandais dont il était l'unique passager à part l'équipage. Il en était revenu, pipe d'écume au bec, tel un Capitaine Haddock au poil blanchi. Et il avait même reçu de la part de Flora, plus tard, fête des Pères oblige, une superbe casquette de marine à visière et ancre dorée. Elle lui avait trouvé fière allure, à son cher « Pap' ». Elle lui avait toujours trouvé fière allure. Déjà à deux ans, pâmée, elle ne cessait de lui caresser la figure de sa menotte en répétant : « Beau, Papa ! Beau ! » À quatre ans, elle organisait sans fin leur mariage princier pour quand elle serait grande, et éclatait en sanglots lorsque Aurélien lui expliquait, docte et sadique, du haut de ses six ans, que jamais de la vie ! que c'était interdit d'être la femme de Papa.

S'il fuit son visage, il garde par contre un œil critique impitoyable sur sa silhouette. Il la veut aussi droite que possible. Pas de ventre, pas de graisse superflue ni de chairs flasques, pas d'épaules voûtées. Puisque la mort ne veut pas encore de lui, puisqu'il lui faut continuer de vivre, autant le faire avec panache, dignement et non sans quelque gratitude. Il s'applique donc à conserver à ses muscles souplesse et tonicité, s'impose de nager à la piscine Jean-Taris dès l'heure d'ouverture, deux ou trois fois par semaine. Le reste du temps, plutôt que de prendre l'ascenseur, il grimpe sans s'essouffler les trois étages. L'effort ne lui a jamais fait peur. La solitude, si.

Arrivé sur le palier, il doit tâtonner pour trouver le bouton de la minuterie. Soit la durée d'éclairage a été calculée trop court, soit c'est lui qui n'est plus assez rapide. Il vérifiera la prochaine fois.

Une soirée en tête à tête avec lui-même l'attend.

3

À l'intérieur de lui, il n'a pas d'âge. Du reste, il se souvient à présent avoir décidé, au seuil de la cinquantaine, qu'il ne serait jamais vieux. Non qu'il projette de se suicider à son heure, non plus qu'il imagine être emporté par une foudroyante maladie… c'est juste qu'il veut affronter les atteintes progressives et irréversibles de l'âge en toute lucidité, comme on lutte face à l'ennemi. C'est une guerre. Sa guerre. Il ne baissera pas la garde. À moins d'être fauché de manière imprévue.

Il jette son trois-quarts en cuir sur la banquette de l'entrée. En son temps, Pelote avait choisi la poche droite pour y faire ses griffes et lacérer sa veste préférée. Ça l'avait rendu fou furieux. À présent, il n'a plus rien à redouter d'elle : elle a disparu, prise de panique, un jour d'orage. Seul, il règne chez lui en maître, certes, mais il n'est plus tellement sûr d'en être satisfait. Peut-on être un roi sans peuple, sans sujets ? Il se surprend parfois à regretter ne serait-ce que la présence de cette chatte, ombre fidèle de Régine. Il ne s'habitue pas au silence.

L'air est chaud. Il aurait mieux fait de rabattre les volets avant de sortir ce matin. En juillet, le soleil tape toujours sur la façade et les géraniums, du vivant de Régine, avaient du mal à le supporter. La pauvre culpabilisait de ne pas avoir les pouces verts, et le fleuriste discount en face, celui du coin rue Monge, lui faisait des prix pour la consoler de ses deuils horticoles. Quant à lui, il jouait les maris prévenants et bénissait en grande pompe les défunts géraniums d'une prière en latin de cuisine avant de les descendre solennellement à la poubelle : « *Geranium secum et morituri te salutant.* » Régine finissait par en rire, de mauvaise grâce.

Dès leur première chambre de bonne, elle avait toujours fait des rêves de terrasse sur les toits ou de maison de ville avec jardinet au fond du XIIIe arrondissement. Il s'en voulait de n'avoir su lui procurer ni l'une ni l'autre. La librairie n'avait pas été une sinécure. Après des débuts difficiles comme tous les débuts, la fermeture, vingt-cinq ans plus tard, avait coïncidé avec la crise économique. Il venait d'avoir soixante-cinq ans et avait dû mettre à contrecœur la clé sous la porte.

En guise de jardin, tout ce qu'il a pu offrir à sa femme, c'est une concession pour deux au cimetière Montparnasse, et encore, il a fallu qu'il se démène pour trouver des appuis et un énorme chèque : les places sont chères au jardin des morts lorsque les célébrités se bousculent au portillon.

Enfin… un jour prochain il la rejoindra. Il semble peu probable qu'il dépasse l'espérance de vie moyenne des hommes. À deux, trois ans près, le tour sera joué, comme dit si bien Léa. Ce qui le peine, c'est l'ordre probable de leur sortie de scène. Se retrouver seul sans sa belle-mère est impensable.

Depuis qu'il est veuf, il a perdu l'appétit. Il fait partie de ces hommes pour qui la nourriture est affective. Pensée, mijotée, préparée avec amour, servie par Régine (qui se défendait d'être un cordon-bleu par pure velléité féministe), pour lui, toute nourriture terrestre possède un goût de paradis maternel. Qu'on lui donne à manger et il redevient petit garçon. C'est bon. Et puis qu'on mange avec lui. Sans compagnie, il ne peut pas.

Dans les premiers temps de sa nouvelle existence, il était incapable de faire les moindres courses. Il ne fréquentait que la boulangerie du coin, où la patronne avait été surprise de le voir entrer et lui surpris de constater qu'il ne connaissait même pas le prix de la baguette. Mis à part pizza et quiches lorraines à réchauffer au micro-ondes, il s'était exclusivement nourri de petits déjeuners à répétition et puis, après le beurre et la confiture, le café et le sucre avaient fini par manquer…

Bien sûr, Flora lui avait proposé ses services, mais il avait catégoriquement refusé. Il ne comptait pas devenir un vieux pépé assisté par sa fille. Étrangement, même s'il n'avait plus envie de vivre et s'angoissait de sa solitude, quelque chose résistait en lui. Quelque chose qui grondait comme une colère, une révolte, et cela le portait vers il ne savait quelle destination, quelle dynamique. Il y reconnaissait des forces de vie.

La bouilloire électrique se met à crachoter son tartre. Il avale quelques lamelles de bacon sous vide et, en chaussettes, les pieds calés sur le rebord de la fenêtre du salon, il bourre lentement sa pipe, le regard perdu sur les arbres de la rue. Leur cime arrivera bientôt à hauteur du troisième étage et il revoit la joie de Régine le jour de leur plantation, quand, du bout des lèvres, elle avait exprimé le souhait qu'ils vivent tous deux assez longtemps pour les voir atteindre leurs fenêtres. « Si Dieu veut », l'avait-il entendu murmurer. Cette résurgence religieuse l'avait tellement sidéré qu'il s'en souvient encore. La réponse était non. Non. Définitivement non.

Le miel douceâtre de l'Amsterdamer embaume. La première bouffée est toujours la meilleure.

4

Dans l'appartement laissé à l'abandon, cela fait bien longtemps qu'il ne sait plus où se mettre. Tout lui paraît hostile, ou alors tellement chargé de souvenirs que c'en est insupportable. Il n'y a que derrière son bureau, face à la bibliothèque, que la vue des livres en piles ou sur les multiples étagères parvient à l'apaiser. Le bruissement des mots, le froissement des pages, les confidences chuchotées par les écrivains et leurs personnages lui permettent, seuls, de venir à bout de ses journées fades et de ses insomnies.

S'il est plutôt enclin à vivre la nuit, ce n'est pas par difficulté à céder au sommeil, mais par une sorte de refus. Dans le secret de ses « nocturnes », comme disait Régine, il se retrouve, se recompose, se calme et, surtout, il prend des notes pour un roman en cours qu'il ne parviendra jamais à finir. Sans écrire ni lire, il n'est rien, même s'il se contente, médiocre, de transcrire quelques impressions de lectures dans ce qu'il aimerait être un journal intime, voire littéraire.

Le jour, il a l'impression de voler en éclats, de se disperser comme un puzzle dont il aurait perdu l'image initiale. Et ce ne sont pas seulement les soucis quotidiens qui en sont la cause. Non, tout le perturbe, l'agresse, et de plus en plus souvent, avec l'âge.

Il a toujours été plutôt contemplatif et rêveur. Quand on le dérange, qu'on le force à retourner à la réalité, il le vit comme une violence ; c'était déjà ainsi, enfant, à l'école primaire. L'impression d'avoir plané loin, ailleurs, dans un autre monde, un monde meilleur, et d'en être arraché. Alors cette redescente sur terre représente pour lui, chaque fois, une épreuve désagréable et contraignante.

Il rouvre son ordinateur, se connecte sur Internet pour consulter sa messagerie électronique. Lui qui a tant aimé et pratiqué l'art de la correspondance a fini par remiser papier à lettres et stylo-plume pour se convertir avec plaisir à l'immédiateté de ce nouveau mode épistolaire. C'est, entre autres, avec Aurélien qu'il communique régulièrement. Surtout depuis la mort de Régine. Avant, leurs échanges étaient rares, brefs et téléphoniques ; ils ne se sont jamais beaucoup parlé tous les deux. Trop pudiques, trop réservés.

La communication passait mieux entre le fils et sa mère. D'ailleurs, cela avait été pour elle un réel déchirement que d'admettre l'installation d'Aurélien à New York, de se faire à son absence, même si, depuis son mariage, celui-ci avait déjà nettement pris ses distances.

Le jour pointe lorsqu'il émerge, ankylosé, dans son fauteuil pivotant. L'écran est en veille. Les cris des éboueurs l'ont réveillé en sursaut. La cloche de Saint-Médard sonne, pendant que, dans la montée de la Mouffe, l'activité matinale des maraîchers reprend.

A-t-il vraiment dormi ? En tout cas, il ne se souvient d'aucun rêve, ou peut-être que si, de l'image floue d'une petite fille tournoyant dans un vent de sable… sans doute une réminiscence de son aller et retour effréné de la veille, à Trouville.

Il s'était décidé sur un coup de tête. Besoin de partir, de quitter un Paris étouffant, la routine. Besoin de vitesse. Besoin de marcher dans la mer, de la respirer. Besoin de vérifier s'il lui serait possible de concrétiser un vœu ancien : acquérir un petit studio donnant sur la plage, à l'Hôtel des Roches Noires, pour s'endormir au rythme de la marée et se réveiller au criaillement des mouettes.

Malheureusement, lorsqu'il était arrivé, les agences ouvertes le dimanche matin venaient juste de fermer. Il avait dû se contenter de regarder bêtement les annonces dans les vitrines, puis d'acheter cent grammes de crevettes grises à la Halle aux poissons, qu'il avait à peine décortiquées en les croquant sur les Planches.

C'était de notoriété publique, aux Roches Noires, les prix avaient flambé après la mort de Duras. Inabordables. Cette idée l'avait réconforté. Mais, au fond, est-ce qu'un rêve est fait pour qu'on le réalise ou pour qu'on éprouve la jubilation de pouvoir encore et encore le rêver à l'infini ?...

5

Depuis peu, il s'est mis à relire Proust. Chez lui, c'est cyclique. Il ne se lasse pas des premières pages de la *Recherche*, qu'il connaît pratiquement par cœur. La reliure de sa Pléiade commence à donner, du reste, des signes de fatigue. Chaque fois, il se laisse entraîner avec le narrateur dans les limbes sensuels du sommeil, et il en sort comme lui, la cuisse encore courbaturée, la joue chaude des baisers d'une dame dont on se demande vaguement si on l'a déjà rencontrée ou non, s'il faut partir sur ses traces.

« *Tiens, j'ai fini par m'endormir quoique maman ne soit pas venue me dire bonsoir.* »

Page 3, toujours le même choc. Sa lecture chavire. Est-ce la voix du narrateur surgissant soudain ? Cette phrase au style direct ? Le thème de l'insomnie, si familier ? Sans doute tout cela à la fois. Mais, il doit se l'avouer, c'est surtout le mot « maman » qui, dans la bouche d'un adulte, l'interpelle. Lui qui, parvenu à son âge, évite systématiquement de l'employer, de le penser même, craignant de faire sauter la bonde. Car ce mot, ce traître mot, il le sait, peut faire irruption à l'improviste chez tout un chacun, au détour d'une ultime détresse : sur un champ de bataille ou un lit d'agonie. Cependant, il redoute et espère pour lui qu'il sera son dernier mot, comme, peut-être, il a été le premier.

Souvent, il lui arrive de reprendre aussi son exemplaire écorné du *Livre de ma mère* d'Albert Cohen, en format de poche. C'est Bénabou qui le lui a fait découvrir. Certaines pages le touchent si profondément qu'il se borne à laisser son regard survoler le texte en diagonale. Vieille technique de lecture rapide mise au point dans le cadre de ses anciens impératifs professionnels.

Du temps de la Lib'ellule, à ce moment de l'année il était toujours enseveli sous les romans de la rentrée. Les cartons s'empilaient, les épreuves non corrigées, et les titres des premiers offices de septembre s'amoncelaient. Il les triait, les répartissait par éditeurs, par auteurs, par genres. Il avait ses priorités, ses préférences. Toutes ses nuits blanches y passaient. C'étaient autant de devoirs de vacances que Régine exécrait, car ils amputaient leur mois d'été familial.

Lisant et relisant les pages de la lettre ouverte de Cohen vieillissant à sa mère morte, il se sent profondément concerné par chaque mot. N'est-il pas aussi un ancien petit garçon adulé par sa mère et coupable de lui avoir survécu, coupable de ne pas lui avoir rendu autant d'amour ?

Un jour qu'il évoquait ses lectures fétiches avec le nouveau libraire de l'Arbre à Lettres, il était resté perplexe face à la conclusion percutante du jeune homme hilare : « Eh bien, vous, on peut dire que vous avez un sacré problème avec les mères juives ! »

Cela avait été lancé comme une boutade, mais, depuis, il y a plusieurs fois repensé.

Jusque-là, toute sa vie il s'était arrangé pour se faire croire qu'avoir épousé une Régine Epstein n'avait été qu'un hasard anecdotique. (Quoi de plus banal que de tomber amoureux de la petite sœur de son meilleur ami ?) Pourtant, plus fine que lui, plus ouverte aux mystères de l'irrationnel et de l'inconscient, Régine répétait souvent que « dans la vie, il n'y a pas de hasard ». Il balayait ces affirmations d'un geste. Il les refusait.

Qu'avait-il trouvé en sa femme, lui, le Français de souche vaguement protestant ? La blessure d'une enfant cachée ? La vitalité d'une survivante ? Le témoin innocent de cette Shoah qui lui faisait honte de son pays ? En tout cas, une épouse, une mère. Juive. Oui. Comme maman

Proust et maman Cohen. Comme Lizzie. Comme Léa, aussi. Il avait trouvé pour ses enfants une mère foncièrement différente de la sienne.

Il évite de trop approfondir par peur de s'enliser. D'ailleurs, aujourd'hui, il lui faut du calme. Pas même envie de sortir. Les cris des marchands de fruits et légumes alpaguant le chaland lui parviennent au troisième, le rattachant suffisamment à la réalité de ce matin de juillet où rien de précis ne l'attend et dont il n'attend rien.

Lorsqu'il se laisse aller à de telles stratégies de repli, c'est afin de préserver instinctivement ses forces morales et physiques. Il fait la planche, en quelque sorte.

Prendre juste la peine de s'assurer qu'il a assez de tabac. Pour le reste, il peut faire avec… ou sans. Il a toujours su se restreindre, et ainsi ne manquer de rien. Régine s'amusait à le surnommer son « épicurien ». « Tu as vu, Pilou – elle l'appelait Pilou –, dans "épicurien" il y a "rien" ! » Ils partageaient tous les deux le goût des jeux de mots et des bonheurs de langage. Ils avaient applaudi aux débuts balbutiants d'Aurélien puis de Flora. Mots d'enfants que Régine avait pris soin de consigner scrupuleusement dans un cahier toilé, depuis les premiers « areuh » forcément géniaux.

Les jours de « rien », donc, il se lave à peine, enfile parfois un jean et un vieux pull marine informe par-dessus son pyjama. Il lui est même arrivé de sortir ainsi vêtu, dans le quartier. Ni vu ni connu. Ça l'amuse.

Il retourne à sa lecture de Proust, face au clocher de Saint-Médard, non sans se faire la réflexion que c'est l'œuvre majeure d'un alité chronique ; quant à Albert Cohen, sur ses vieilles années, c'est bien connu, il ne quittait plus sa robe de chambre de soie rouge, même pour recevoir les journalistes.

Juif et maladif, me v'là bien ! Ne me manque que le talent ! Dommage ! conclut-il en se moquant de lui-même.

Heureusement qu'il lui reste un peu d'humour. Il a horreur des gens qui se prennent au sérieux.

La sonnerie du téléphone l'interrompt.

6

– Bon, Pap', tu fais quoi, là ? Je veux pas que tu croupisses dans ton coin. Je suis en congé, je te signale !… Ouais, tu veux pas bouger… je m'en doutais : t'as vu, j'avais deviné, j'appelle sur ton fixe…

Flora utilise souvent un jargon abrupt et bourru, faussement ado, pour faire passer ses messages de sollicitude filiale. Il la connaît comme sa poche. Quand il parle d'elle à des étrangers, il utilise souvent l'expression « mon excellente fille », et alors, bien vite, son regard bleu pique dans le fourneau de sa pipe, ou sur la cigarette à rouler d'urgence.

C'est sa fille et elle l'a toujours intimidé.

Enfant, adolescente, à présent femme proche de la quarantaine, toutes ces Flora successives se superposent à l'envi lorsqu'il l'observe, ainsi que des images fugaces de Régine et, pire, quelque chose de vague qui le renvoie à lui-même, donc au visage de sa propre mère. Un certain bleu de Sèvres ou de Delft. Un bleu fragile de porcelaine qui contraste avec les allures de routier un peu hommasses qu'elle se donne.

Comment cette unique fille tant désirée, que Régine et lui ont dotée d'un prénom poétique, médiéval, si féminin, s'est-elle crue obligée de rouler des mécaniques ? Mystère. Mais c'était compter sans une autre référence historique nettement plus musclée, voire combative : Flora Tristan, pionnière du féminisme. Leur Flora, fille chérie, s'était un jour empressée de les mettre sans ménagement face à ce choix décisif de parents. Ils n'avaient qu'à s'en prendre à eux-mêmes et à leurs mobiles inconscients de l'avoir prénommée ainsi ! Ils étaient autant responsables de son prénom que de leur désir d'idéal féminin pourri !

Cette discussion mémorable avait regrettablement dérapé. Une fois Flora partie en claquant la porte, ils en étaient restés sonnés, K.O. debout dans l'entrée. Les yeux encore rougis, Régine avait reconnu là l'effet des premières séances de leur fille chez le psychanalyste : celle-ci venait de décider de consulter à la suite d'une rupture plus destructrice que les précédentes.

Il est persuadé qu'aujourd'hui, huit ans plus tard, Régine serait effondrée de constater que Flora en est encore au même point : elle ne veut pas lâcher son « cher » psychanalyste (aux deux sens du terme !) et n'a pas la moindre vie de couple, à ce qu'il en sait.

Ce sujet épineux, il a appris à ne plus l'aborder avec elle. Quant à l'éventualité qu'elle ait un enfant, il n'en est pas question, plus du tout question, et qu'il se rentre bien ça dans la tête ! Qu'il se contente de l'existence du petit Sam, puisque Aurélien, lui, en bon fils, a fait le nécessaire pour le rendre grand-père.

Il trouve qu'elle en parle avec trop de défi pour être honnête et cela le rend passablement malheureux.

C'est plus fort que lui. Chaque fois qu'il voit sa fille, il cherche la faille, l'erreur dans son rôle de père. Comment comprendre ? Ce n'est pas faute d'amour, pourtant ! Ou peut-être si, justement. Un amour excessif ne l'a-t-il pas étouffée qui leur interdit à présent toute possibilité de compréhension, toute relation d'adulte à adulte ?

Ce genre d'hypothèse le console un moment. Il tente de s'y raccrocher. En vain.

– Allez, Pap', je passe en coup de vent et on se grignote juste un truc ensemble, d'ac' ? T'inquiète, je prends tout en bas chez ton Grec avant de monter.

Malgré sa profonde envie de rester seul enfermé toute la journée, il n'a pas su lui refuser. En attendant l'arrivée de l'indésirable visiteuse (il ose se le formuler ainsi), il retape en vitesse sa tenue afin de sauver les apparences, s'asperge d'after-shave, met la vaisselle à tremper dans l'évier et ferme la porte de sa chambre. Il ne veut déclencher ni l'inquiétude de sa fille ni ses remontrances infantilisantes. Elle adore jouer à ça. Pas lui. Il sait que, aujourd'hui, il ne le supporterait pas.

La prochaine fois, il laissera le répondeur défiler.

7

Dix heures du soir. La nuit tombe à peine. Il a toujours préféré l'heure d'été. Cela doit arranger ses angoisses nocturnes. Il en a tant souffert durant son enfance, surtout pendant les bombardements de Rouen. Les alertes, la cave, les ruines, ses deux petites voisines, compagnes de jeux, les sœurs Zilberman, qui ne sont jamais revenues, surtout Lisbeth, « Lizzie », l'aînée dont il était secrètement amoureux… Tous ces souvenirs douloureux affluent, apportant sans cesse de nouveaux questionnements sur sa vie.

Au fond, Régine avait mille fois raison, non seulement il n'y a pas de hasard, mais impossible de s'aveugler : s'il n'avait pas autant pleuré la disparition de Lizzie, aurait-il éprouvé, quelques années plus tard, le même élan pour les Epstein ? Et s'il avait succombé un jour au charme de Régine, était-ce uniquement parce qu'elle était la petite sœur d'Étienne, son meilleur ami ? Et pourquoi Étienne était-il justement devenu son meilleur ami ? Était-ce le hasard ou bien parce qu'il se trouvait être l'unique garçon juif de la classe ? Les questions se réfractent à l'infini. Comment faire, cinquante ans plus tard, la part de ses leurres et de ses véritables mobiles ?

Il prend une douche brûlante, se laisse sécher nu dans son grand peignoir blanc en éponge. Ses cheveux dégouttent lentement le long de sa nuque, lui procurant une agréable sensation de fraîcheur. Il n'est pas pressé d'entamer la soirée, encore moins de dîner. Un film de Pasolini passe sur le câble ; il croit reconnaître *Accattone*, qu'il a aimé à sa sortie vers les années soixante-dix, mais il éteint la télé : il a horreur de manquer le début.

Dormir lui est devenu encore moins facile sans Régine. Malgré l'inévitable usure du désir, ils avaient toujours gardé le besoin de s'enrouler l'un autour de l'autre, de s'encastrer serait plus exact. Chaque nuit, leurs corps se retrouvaient, s'emboîtaient à la perfection, comme si bras, cuisses, fesses, dos et ventres avaient gardé l'empreinte et la mémoire des gestes.

Même déjà profondément endormie, lorsqu'il venait enfin se coucher, vers trois heures du matin, dès la veilleuse éteinte, Régine l'accueillait tout contre elle. Ils sombraient dans un sommeil mitoyen, dormaient serrés et dépendants du moindre souffle de l'autre, de son moindre sursaut. Pareils à des chiots, pareils à des enfants, ils ne formaient plus qu'un tout inextricable. Enchevêtrés, blottis bien au chaud, ils se sentaient rassurés jusqu'au matin. Sans doute chacun recherchait-il dans cette harmonie des corps et sans avoir jamais eu besoin de le dire un tendre réconfort pour affronter ses propres ténèbres.

Au soir de l'enterrement, il lui était devenu impossible de franchir le seuil de la chambre conjugale. Lorsqu'il devait accéder à l'armoire pour y prendre de quoi se changer, il se sentait chassé par le parfum douceâtre des roses séchées, par le Modiano resté en attente avec son marque-page, par le réveil arrêté… C'était insoutenable. Tout lui parlait de Régine.

Pendant les semaines qui avaient suivi la mort de sa femme, il avait donc établi son campement dans la salle à manger devenue bureau au fil des ans, et il avait pris la mauvaise habitude de s'écrouler tout habillé sur le divan étroit. Il ne se laissait emporter par le sommeil qu'à son insu, et avait fini par officialiser ce nouveau lieu de repos en y laissant, plié en permanence, un duvet de camping doux et léger, grâce auquel le froid ne le saisissait plus au petit jour.

Il écoute les infos en se roulant une dernière cigarette. Il dit toujours « dernière cigarette », mais ne parvient jamais à s'y tenir, même pour un soir. Réduire sa consommation de tabac est resté mission impossible. Il a tout essayé en trente ans.

De puissants effluves de terre mouillée montent de la rue, dus à l'arrosage automatique des pelouses et des massifs du square. Deux clochards éméchés palabrent sans s'écouter, adossés côte à côte aux grilles. Il se souvient avec attendrissement de Régine, les dimanches matin, lorsqu'elle descendait chanter en chœur sur le parvis avec ses copines du quartier. Le musicien de rue, accordéon en bandoulière, distribuait les textes de Brassens, de Trenet ou de Piaf aux habitués et aux passants, et tous reprenaient au refrain avec la naïve allégresse des amateurs. Elle appelait cela sa « thérapie dominicale », remontait ensuite, comme délestée de tout souci, un panier dans chaque main, enchantée d'avoir fait le plein de légumes et de fruits bradés en fin de marché.

Pourquoi ressasse-t-il sans cesse ? D'où lui vient ce besoin lancinant de gratter ses plaies ? Il a pourtant horreur de se complaire dans ses malheurs, trouve cela indigne. S'il n'y prend garde, il en viendra au dégoût de lui-même, pire, au stade de l'indifférence de tout. Trop lâche pour se suicider ou encore beaucoup trop attaché à la vie, il considère pourtant que son existence a peu de sens.

C'est comme pour hier après-midi. D'abord, il avait voulu empêcher Flora de venir, mais il l'avait cependant laissée s'inviter tout en se reprochant de ne pas lui avoir dit non. Que comprendre ?

Sa fille est secrète. Lui aussi. Face à elle, il se sent, lui le père, fragile, presque féminin. Il en éprouve un certain malaise. Mais, finalement, il a apprécié qu'elle l'ait entraîné dehors après leur pique-nique improvisé. Il a trouvé inattendu qu'elle décide d'une glace monumentale à la terrasse d'Häagen-Dazs, elle si soucieuse de sa ligne. Et il s'étonne de s'être laissé guider tranquillement vers le haut de Mouffetard, jusqu'à la Contrescarpe, progressant entre les cageots abandonnés et les résidus de fruits et de légumes avariés jetés sur le pavé, le long des caniveaux. Une odeur écœurante de melons et de concombres trop mûrs les avait escortés.

Ils avaient parlé de tout et de rien en dégustant leurs sorbets au citron vert, et c'est au détour d'une phrase anodine qu'il avait soudain pris conscience de l'état de langueur quasi dépressif contre lequel il luttait depuis des semaines. La raison, il la connaissait et même Léa le lui avait rappelé : dans quelques jours ce serait la date anniversaire de la mort de Régine. Sept ans. Déjà.

Père et fille s'étaient quittés contents de ce moment partagé. Il se reproche d'en avoir un peu trop rajouté en matière de compliments lorsqu'il l'a remerciée d'avoir « forcé le barrage ». À trop vouloir gommer la culpabilité née de son peu d'empressement à la voir, il est conscient d'avoir créé un précédent : la prochaine fois, Flora se considérera légitimée dans sa démarche de forcing, et il aura encore plus de mal à la dissuader de venir le débusquer chez lui.

Les réverbères se sont allumés. Son mégot écrasé s'émiette dans le cendrier. Bouger ? Jeter un coup d'œil à ses mails ?…

Son peignoir a séché depuis longtemps et la douceur soyeuse du velours d'éponge frottant contre sa peau réveille suavement en lui une bienfaisante sensualité. Alors, dépassant ses hontes habituelles, il ouvre les pans de son peignoir, laisse, étonné, son regard caresser avec indulgence ce vieux corps étrangement désirant. Ses mains font le reste.

8

Un message laconique signé « Aurélien » s'affiche sur l'écran. Un bonjour sans fantaisie, des nouvelles pas vraiment neuves, des formules passe-partout. « Objet : news. »

Il s'oblige à répondre à son fils dans la foulée avec le plus d'enthousiasme possible, puisqu'il n'y a à se soucier ni du décalage horaire ni d'accents de sincérité, contrairement à l'usage du téléphone.

Un non-dit, une sorte de contentieux a souvent circulé entre eux. Un jour, en terminale, son fils lui avait demandé de but en blanc, d'un air de défi, s'il avait lu la *Lettre au père* de Kafka. Ça l'avait glacé. Il s'était empressé de relire le court texte pour confirmation : c'était bien d'un règlement de comptes virulent qu'il s'agissait.

Pourtant, de quoi se plaindre ? La crise d'adolescence d'Aurélien puis de Flora avait été des plus discrètes en comparaison de celles qu'avaient endurées leurs amis proches. À tel point que Régine, branchée psychanalyse et groupie incollable de Françoise Dolto, avait trouvé cela suspect. Pour elle, faute de conflit ouvert, quelque chose clochait. Lui, par contre, s'en félicitait. Il trouvait cela confortable, voire normal. Il n'aurait pas supporté davantage de la part de ses enfants. Il ne supportait rien du temps de la librairie.

Cher fiston…

Écrire, peu importe quoi, lui a toujours fait du bien. Il s'évertue à imaginer des mots gentils, des astuces complices et des sous-entendus humoristiques, mais cela passe mal car il sait ses envois court-circuités par la compagne d'Aurélien, cette Christy possessive et sournoise avec laquelle ni Régine ni lui n'ont jamais eu la moindre affinité. Ainsi, se connecter avec son fils ne lui apporte pas l'échange simple et affectueux espéré, qui, si tant est qu'il ait existé un jour, a fini par se dissoudre au fil du temps.

Il n'a rien à attendre de ce côté-là, et encore moins d'une relation avec son petit-fils. C'est sans doute ce qu'il déplore le plus, ce jeune rameau coupé de sa branche non seulement par la distance mais, plus radicalement, par l'impossibilité de communiquer : à bientôt six ans, Sam *alias* « Made in USA », comme l'appelle Léa, est un petit garçon qui ne prononce toujours pas le moindre mot de français, ses parents ayant condamné sans appel sa « langue paternelle » au nom des soi-disant dégâts irréversibles du bilinguisme. Quant aux compétences en anglais du « Gran'Pa' », titre dont on l'affuble, elles sont plus que rudimentaires.

Encore une sorte de deuil à faire que cette privation, cette amputation langagière. Il la vit comme une trahison redoublée à l'égard de Régine, qui n'avait pas eu le temps de devenir grand-mère, à l'égard de toute la lignée massacrée des Epstein et surtout à l'égard de Léa.

Rien qu'à évoquer sa belle-mère, surgit le manque d'elle. Qui peut en dire autant ? Cela ne va-t-il pas à l'encontre de toute croyance populaire ? On lui en a souvent fait la remarque.

Pourtant, c'est ainsi : Léa, depuis l'adolescence toujours admirée, adorée par lui, continue de l'éblouir à quatre-vingt-quatorze ans. Léa, dont les propos pétillent, dont les reparties insolentes lui sont indispensables. Léa, qui l'enchante de près et de loin, et contre laquelle il va se réchauffer les jours de solitude. Il a honte de se l'avouer, mais c'est ainsi depuis la mort des « autres », comme ils les appellent entre eux. Ne lui a-t-elle pas déclaré un jour, frisant la monstruosité : « Reconnaissez que, dans notre malheur, nous avons de la chance : nous pouvons nous retrouver en tête à tête après tant d'années. Les absents ont toujours tort. Profitons-en ! » ?

Et c'était vrai.

Elle seule le sort de sa morosité. Elle sait le faire rire comme personne par son humour ravageur, voire scandaleux, l'humour de ceux que la mort a frôlés, qui ont dépassé les limites du désespoir.

D'aussi loin qu'il se souvienne, ils ont toujours ri ensemble, Léa et lui. Complices et beaucoup plus. Depuis le temps du lycée et dès le début de son amitié avec Étienne, cela déclenchait autour d'eux une sorte d'agacement réprobateur qui les avait soudés davantage.

Il est trois heures du matin. Il se réveille ankylosé. Sur son fond d'écran, un tournoyant balayage multicolore.

Il a piqué du nez. Pour une fois qu'il pensait se coucher tôt… la nuit a eu raison de lui. Mais, le premier sommeil passé, il se sent incapable de fermer l'œil à nouveau.

Il traîne à la cuisine, liquide deux tranches de saumon fumé, avale les feuilles de vigne farcies et le tzatziki restés de sa dînette avec Flora. Comme tous les soirs, il tourne en rond cinq bonnes minutes pour remettre la main sur ses lunettes…

Mais le sommeil l'a définitivement quitté.

Il ne sait où se mettre.

Est-ce la charge sentimentale des objets qui l'entourent ? Aurait-il dû entreprendre des travaux de rénovation dans l'appartement, ou même carrément aller s'installer ailleurs ? Il a été incapable de prendre une décision à ce sujet au moment approprié. Et puis, avec sa tendance à garder, conserver, accumuler… C'est un tort, sans doute, un côté puéril de son caractère, mais chaque meuble, chaque bibelot, la moindre trouvaille sans valeur devient tôt ou tard un témoin précieux de sa vie, presque un objet de culte.

Il finit par s'allonger, trop distrait pour lire. Le halo de la lune blanchit les façades donnant sur cour. Des éclairs bleuâtres émis par un téléviseur tressautent dans l'obscurité d'une chambre en face, sous les toits.

Bientôt Paris se videra et redeviendra village. Comme tous les ans, les habitants du quartier partiront en vacances au lendemain du 14 Juillet, après pétards et feux d'artifice. Seuls resteront les vieux, les démunis, les oubliés. Et lui, que rien à présent n'oblige plus à vivre au rythme conventionnel des familles et des salariés, assistera à cette migration estivale avec un réel soulagement.

L'immeuble sera aussi parfaitement silencieux que s'il était peuplé de fantômes. Fini le roulement quotidien des poubelles sur les pavés côté cour : un service d'entretien minimum a été voté pour l'été à la dernière réunion des copropriétaires. Y a même été annoncée l'arrivée de nouveaux occupants au quatrième. On l'a poliment prié de veiller aux aléas de l'emménagement, et lui a poliment accepté, puisqu'il reste sur place. Pourtant, on est bientôt mi-juillet et il ne voit toujours rien venir.

Il s'épuise vaguement à l'évocation des étés passés, aux craintes liées à son improbable avenir. Décidément, à quoi bon rester couché dans ces draps moites, oppressé par la chaleur ? Il se relève pour boire un verre d'eau glacée. Au détour du couloir, un flash de Régine foudroyée l'attaque de front. Il veut en chasser les images mortelles. Elles s'agrippent à lui.

Pourquoi, à un moment ou à un autre, faut-il toujours qu'il en passe par là ?

Déjà le ciel rosit par-dessus les toits, le premier éclat de soleil sera pour le coq doré du clocher de Saint-Médard.

9

Le chlore lui irrite les yeux. Il constate, comme chaque fois, qu'il lui faudrait des lunettes de natation et il s'empare de ce prétexte pour écourter sa série de longueurs. Ça ira pour aujourd'hui.

Nager dans une piscine lui semble un pis-aller. Rien ne vaut la mer. N'importe quelle mer. Mais sans excès. Plutôt fœtus aquatique que nageur olympique, la nage reste pour lui un exercice d'entretien physique ; le plaisir n'est pas toujours au rendez-vous.

Régine, c'était tout le contraire. Femme-poisson, elle ne s'épanouissait pleinement que dans l'eau. Il se souvient comme si c'était hier d'une fois où ils avaient fait l'amour sous la douche. « Le chant des sirènes », c'est ainsi qu'elle avait baptisé cette page de leur vie amoureuse. Revêtue de mousse parfumée, d'une voix suave elle l'avait appelé de la salle de bains. Ce genre d'initiative n'était pourtant pas dans ses habitudes. Épisode inoubliable et drôle. Ils en souriaient encore des années après, avec attendrissement.

C'était au début de sa première grossesse. Les seins lourds (ils n'avaient jamais été aussi beaux), le bas-ventre à peine bombé, le sexe brûlant, tout en elle réclamait d'être assouvi et semblait insatiable. Face à cette vertigineuse et neuve excitation, il s'était tenu parfois trop en retrait, comme inhibé par la métamorphose de cette jeune femme, connue enfant, qui de mois en mois devenait mère.

Lui en avait-elle voulu ? Elle n'en avait jamais rien dit. Il se reproche encore de l'avoir déçue.

Le long du grand bassin, une immense baie vitrée donne en contrebas sur le jardin intérieur du collège Henri-IV. Quelque chose d'irréel se dégage du tableau : la lumière opalescente, les semis de pâquerettes sur le gazon frais tondu, vivante tapisserie de *La Dame à la licorne*. Il croit se souvenir qu'un paon superbe s'y pavanait autrefois. L'a-t-il imaginé ? C'était du temps où Régine, en bonne mère, insistait pour qu'au moins il vînt applaudir, le dimanche matin, aux exploits olympiques d'Aurélien et de Flora, bardés de bouées gonflables et de flotteurs de liège. Elle avait souhaité, dès leur naissance, en faire des bébés nageurs, mais il s'y était fermement opposé. De peur. Cela avait été leur premier grave différend.

Une ribambelle de gamins d'un centre aéré s'éclaboussent dans le petit bassin. Leurs cris joyeux d'oiseaux de volière se répercutent, stridents, sous la voûte de béton et lui deviennent vite insupportables. L'acoustique des piscines décuple les sons et l'épuise, l'empêchant d'éprouver les bienfaits d'un lieu censé le régénérer. Ce vacarme finit par lui taper sur les nerfs.

Que fait-il à se débattre ainsi, seul dans sa vie ? C'est lutter en vain contre le courant. Le temps l'emportera.

Comme une nausée, la vanité des choses lui monte à la gorge. Sa solitude le sidère. De *Dame à la licorne*, point. Sa femme-poisson, sa sirène, sa Régine s'en est allée vers d'autres jardins, d'autres mers. Elle qui collectionnait les proverbes, et répétait parfois, prise par l'urgence de vivre : « La mort guette derrière l'oreille. » Quel étrange pressentiment avait-elle eu…

C'était un jour d'été presque comme aujourd'hui.

Elle venait juste de sortir d'entre ses bras. La chaleur parisienne, le calme des vacances leur avaient inspiré une voluptueuse sieste estivale. Ils avaient, malgré l'âge, de ces splendides retours de flamme. Il l'avait regardée jouir lentement, l'avait écoutée gémir à petits cris étouffés. Ils retrouvaient parfois intactes les sensations anciennes de leur jeunesse. Corps exultants, haletants, transpirants. En vieux compagnons parfaitement accordés.

Cela avait été aussi un jour de juillet éblouissant qu'ils avaient fait l'amour pour la première fois. Il avait voulu goûter à son sang pur de vierge et elle l'avait laissé, embarrassée, lécher l'intérieur de sa cuisse avec des tortillements de fille chatouillée. Ce rite païen inventé en l'honneur de sa jeune déesse avait scellé leur union. Ils s'étaient mariés peu de temps après, ayant à peine eu le temps de prendre conscience de ce qui leur arrivait. L'éventualité d'une grossesse n'y était pas étrangère, ainsi qu'une certaine pression familiale dont les raisons étaient trop diffuses pour être décryptées.

Quarante ans séparaient les deux après-midi de juillet identiques et radieux. Le dernier, c'était sept ans auparavant. Il n'y en aurait pas d'autre. Régine avait joui les yeux fermés (il n'avait jamais réussi à la convaincre de les garder ouverts), puis, tandis qu'il sombrait dans une bienheureuse somnolence, elle avait chuchoté, lui soulevant délicatement la main qui pesait sur sa hanche : « Je vais faire pipi, mon Pilou, et je reviens. Juré. » Elle n'était jamais revenue.

Terrassée entre la chambre et la salle de bains.

Depuis, il n'avait cessé de se poser la question du lien entre amour et mort. Amour, puis mort ? Amour, donc mort ? Suivant son humeur, il privilégiait l'une ou l'autre des hypothèses, simple chronologie ou mortelle conséquence. Qui pourrait lui dire s'il était coupable de ce tragique accident ? Il n'avait jamais osé demander à personne, ni n'avait parlé à quiconque des circonstances intimes ayant précédé la fin de Régine. Pas même à un médecin comme Martial Bénabou, client devenu ami dans les débuts de la Lib'ellule. Une rupture d'anévrisme peut arriver n'importe quand et à n'importe qui, voilà ce qu'il s'était entendu dire.

Il passe rapidement sous le jet dru de la douche, se dirige vers les cabines en prenant garde à ne pas glisser sur le carrelage mouillé.

À quoi bon lutter, se torturer, mourir ou non avec un corps d'athlète autour d'une âme d'assassin ?... Tout lui paraît soudain dérisoire, à commencer par sa personne : un presque vieillard de soixante-douze ans complètement ridicule.

Il est pressé d'en finir, aimerait déjà se retrouver dehors. Au soleil. Il a besoin de soleil. Aucun autre projet que de sortir de là au plus vite. Après, il verra.

Il se penche machinalement vers sa cheville droite, cherche à prendre la clé accrochée au bracelet élastique. Elle n'y est plus.

10

Debout, sa serviette de bain pour unique bien, il est abattu, accablé d'avance à l'idée des démarches et désagréments qu'il va devoir supporter.

Il se sent stupide, râle, noue sa serviette en pagne autour de sa taille, s'oblige à faire le tour du bassin au cas où la clé y serait tombée pendant son dernier crawl, là ou le long des margelles.

– M'sieur, m'sieur, c'est ça que vous cherchez ? C'est à vous ?

Campé devant lui, une main sur la hanche, l'enfant chétif et édenté rayonne de fierté en brandissant une clé au bout d'un bracelet en plastique.

– C'est Maman qui m'a dit de vous l'apporter. Elle l'a trouvée dans le grand bain, tout au fond. Vous voyez, c'est elle là-bas, ma maman ; elle nous fait coucou en haut du plongeoir.

Corps délié, cheveux châtains en épis courts. Un voile moiré, vibrant par réfraction sur la surface irisée de l'eau, empêche d'apercevoir davantage de la jeune femme.

Il remercie le gamin d'une poignée de main appuyée et virile, adresse un geste évasif à la silhouette floue en maillot gris perle, puis, soulagé, s'empresse d'aller récupérer ses affaires dans la cabine.

Le petit garçon en a déjà rejoint un autre, plus jeune, accroupi dans la pataugeoire douteuse.

Enfin dehors ! Le quartier est désert. Il traverse la petite place ombragée de catalpas poussiéreux. Dans la chaleur de midi, son sac de toile sur l'épaule, il coupe par la rue Laromiguière. Pavée, peu fréquentée, provinciale. Seul un homme passe, promenant son énorme labrador. On ne sait qui promène l'autre.

Ce lieu reste attaché dans sa mémoire à un copain de fac vite perdu de vue qui avait monté une énorme soirée jazz New Orleans chez ses parents. C'était là, dans une maison avec jardin. Il se souvient qu'on y accédait par une porte insignifiante donnant sur cette rue. Il fallait longer ensuite vingt mètres de couloir pour déboucher sur un invraisemblable tableau digne d'*Alice au pays des merveilles*: une maison de campagne en plein cœur de Paris. Il a depuis longtemps oublié le nom de ce copain et de quelle porte il s'agissait. Et désormais, avec les digicodes, impossible de pousser l'enquête plus loin.

N'y avait-il pas aussi un labrador chez les parents de ce type ?... C'est si loin !...

Cette histoire de clé de cabine, il y repense... La vie réserve parfois de jolies surprises. Il les apprécie particulièrement dans les moments d'abattement. Ne pas se montrer trop ingrat, éprouver de la reconnaissance, mais envers qui ?

Il garde dans la paume la fraîcheur de grenouille tendre et mouillée de la main de l'enfant. Le petit visage disgracié lui revient en force. Souvenir vague, image reconstruite, réelle ressemblance, mais avec qui ?... Il ne parvient pas à dégager l'origine de cette persistance du passé. Quelque chose insiste qu'il repousse. Une bouffée de nostalgie liée à la vision de ce garçonnet malingre, désignant du doigt sa mère dans un faisceau azur.

Plus aucune envie de remonter chez lui. Vu l'heure, plutôt manger un morceau à une terrasse que de se retrouver entre ses quatre murs. Il y a des jours terribles où il se sent incapable de faire le moindre pas en direction de son immeuble, encore moins de passer la porte de l'appartement. Un soir de l'hiver dernier, il a même été sur le point de prendre une chambre dans le premier hôtel venu. Il avait fini par se raisonner.

Il choisit le café qui fait l'angle, rue Édouard-Quénu, en face de L'Arbre à Lettres, repère une table à l'abri du soleil, près d'un palmier à moitié desséché censé dépayser le chaland. Un tonneau ventru cerclé de fer trône, désuet témoin d'une époque révolue où, avant d'être le QG des bobos du quartier, ce bistrot n'était qu'un modeste bois-charbon. Subsiste le comptoir bordé de laiton où le bougnat vous servait un ballon de rouge qui tache avec l'accent auvergnat. C'était un Paris à la Prévert, à la Doisneau, qu'il a connu à son arrivée de Rouen, dans les années cinquante, et dont il regrette la disparition.

Il avale son tartare-frites et sa bière pression somme toute avec appétit – « la piscine, ça creuse », disait Régine aux enfants –, et s'apprête à commander un express pour finir, lorsque de derrière le terre-plein central, dans le bouquet d'eau scintillant de la fontaine, il voit déboucher un petit garçon tenant sa mère par la main.

Il croit reconnaître son duo de sauveurs de la piscine. Le gamin sautille d'un pied sur l'autre, mi sur le rebord gazonné, mi sur les pavés, puis, parvenu de l'autre côté, pousse à la volée le portillon vert du square Saint-Médard, celui qu'on entend claquer de chez lui, malgré le brouhaha de la circulation.

Du regard, il suit la mère et l'enfant jusqu'à les voir disparaître sous l'ombre épaisse des frondaisons. Était-ce bien eux ?

À y repenser, il n'en est plus si sûr… un effet de sa pauvre imagination ou l'éblouissement du contre-jour… Il y a en lui comme l'écho d'une lointaine réminiscence.

Il serait temps de faire vérifier ses verres. Sa vue a encore baissé.

11

L'après-midi s'écoule tant bien que mal. Les heures se traînent et s'étirent, le rapprochant lentement mais sûrement de la date redoutée du 22. La lecture de Proust lui apporte une fraternelle compagnie.

Par chance, lui qui souhaite qu'on l'oublie afin que toute interférence avec le quotidien lui soit épargnée, lui qui veut rester concentré sur ses pensées et seul avec lui-même, le voilà servi en tout point ! Amis et voisins ont fini peu à peu par quitter Paris. Certains ont passé un coup de fil avant de prendre la route, comme Martial et sa femme, d'autres lui ont souhaité un excellent été. Grand bien leur fasse ! Ils ont la mémoire courte. Il reste solitaire et fidèle à ses anniversaires qui ne concernent plus que Léa et lui, qui exigent sa présence, tels d'ineffables rendez-vous.

Les vacances, il s'en fiche. Belle lurette qu'il ne se soucie plus de distinguer les périodes d'activité des périodes de congé. Il en était déjà ainsi avant sa retraite, au grand dam de Régine. Il a beau remonter des années en arrière, il ne se souvient pas avoir jamais apprécié les vacances à partir de son mariage. Et les obligations de la vie de famille ne l'avaient pas réconcilié avec les dimanches, jours fériés et autres périodes de repos socialement programmées.

Seuls les souvenirs de ses vacances d'enfant trouvent grâce à ses yeux. Surtout les escapades impromptues qu'il faisait, petit garçon, avec sa mère.

Un beau matin où il n'avait pas école, ça la prenait soudain, au réveil : « Et si on filait, mon Pierrot ? » lui lançait-elle en fracassant sa biscotte.

Ce pouvait être Honfleur comme n'importe quelle autre destination, une ville de province inconnue ou même la capitale, pourvu qu'il y eût un train, un car pour les y mener, et un horaire compatible avec son impatience.

À ces coups de tête imprévus qui commençaient invariablement par « Et si… », son père reconnaissait la marque de ce qu'il appelait l'« appel du large », et il s'inclinait devant le caprice de sa femme. On le voyait lever le nez de son bol de chicorée et, prenant son fils à témoin, avec le sourire fataliste de celui qui est d'accord d'avance pour s'effacer, il déclarait, admiratif : « Que veux-tu, mon fils, ta mère est une artiste ! »

Cela devait tenir lieu d'explication, de mot d'esprit,

d'autorisation, mais lui permettre aussi de sauver la face.

Ces départs « en amoureux » n'en avaient que plus de prix aux yeux du petit garçon couvé qu'il était. Il pavoisait, exultait, ne tenait plus en place. Quelle conscience claire pouvait-il bien avoir, en ce temps-là, de la rivalité que sa mère induisait entre père et fils ? Aujourd'hui encore, il tâche d'ignorer qu'il était pris en otage, piégé à vie.

Il se revoit sur les banquettes en bois des compartiments de troisième classe, observant à la dérobée l'excitation maternelle. Lui, la bouille collée contre la vitre, se gavant du vert exubérant des prairies, il comptait les vaches couchées, les chevaux noirs et les blancs, et aussi les ânes. Il se tournait encore et toujours vers sa mère, profitant d'un chaos pour s'assurer de sa présence, de la réalité du bonheur qu'il était en train de vivre.

En ce temps-là, fils unique, le bleu des yeux de sa mère lui était un ancrage nécessaire, aigu et rassurant ; mais il s'ennuageait parfois lors de leurs escapades aux airs troubles de voyages de noces.

Aujourd'hui, tant d'années après, il s'étonne du malaise oppressant, persistant, indéchiffrable, que déclenche en lui le souvenir de ces moments-là ; une vague nausée le prend rien qu'à les évoquer.

Son père termine rapidement son bol, froisse sa serviette puis, après un bref passage à la salle de bains, revient les embrasser sur le front, lui et sa mère, il va décrocher son imper mastic dans l'entrée : « Vous me laisserez un petit mot sur la table, au moins… »

Entre ses parents, tout avait l'air d'être compris sans être dit. Pourtant, l'enfant percevait l'inconvenance du départ, le flou d'un retour gardé hypothétique, comme improbable.

Dès cet instant, le *pater familias* était de trop. Quantité négligeable : un étranger. Eux seuls comptaient, évoluant dans un mutuel ravissement. Eux deux, le fils et sa mère, devenus voleurs d'un bonheur illicite.

Le père parti, la joie du départ les submergeait, et il pouvait enfin laisser libre cours à son allégresse, sautiller derrière sa fantasque mère qui l'entraînait dans une sarabande endiablée. C'était le rite inaugural. « Mon chéri », soufflait-elle à son oreille, dans sa nuque. Il en frissonnait d'un plaisir indicible, à la fois gonflé d'importance d'être l'élu et, pourtant, vaguement gêné de l'être. Après la guerre, longtemps après la fin brutale de ces escapades, un sentiment de culpabilité l'étreignait encore.

Puis les années avaient passé. Il avait été père à son tour et la gravité de ce rôle lui était tombée sur les épaules avec sa lourde chape de responsabilités. Alors qu'il aurait dû éprouver de la joie pure, se vautrer en riant dans des bagarres et des jeux drolatiques avec Aurélien petit, il avait privilégié la réflexion, la stratégie purement cérébrale et les efforts éducatifs calculés. Du coup, il n'avait pas su créer le dialogue ni la complicité qui président à une vie familiale heureuse. Bien au contraire, il avait mis en place une pesante routine dont il avait été le premier à faire les frais. Bien sûr, Régine ne ressemblait pas le moins du monde à sa mère à lui ; elle n'avait pas bâti une relation fusionnelle avec son fils. Bien sûr, elle avait interrogé souvent ses options de père, si tranchées, avait tenté de les assouplir, mais rien n'y avait fait. Cela n'avait mené qu'à de pénibles conflits.

Même la naissance de Flora, qui pourtant brisait la configuration triangulaire d'enfant unique trop choyé qu'il avait connue, n'avait pas suffi. Il avait continué de trouver Régine trop laxiste, dénuée de visées à long terme. Il était resté persuadé du bien-fondé de son attitude à lui. Sourd à toute discussion.

Au fond, malgré lui, il avait reproduit le modèle paternel en pire, et il s'en voulait. Là où son père s'était placé en retrait par délicatesse, par respect, par générosité, lui s'était forcé à la raideur, à l'autorité, incapable d'un geste gratuit, se méfiant du moindre élan spontané à l'égard des siens, craignant toujours d'avoir à le regretter plus tard au nom de sacro-saints principes. Et, ainsi, il s'était bêtement drapé dans une toge de *pater familias* pour rester fidèle à l'image anachronique qu'il se faisait d'une paternité idéale. À tel point qu'un jour Flora, dans une bouffée de colère, l'avait traité de « vieux rabat-joie ». Cela aurait pu le faire réfléchir, mais il était resté campé sur ses positions rigoureusement immuables.

Impérial, hiératique, père d'un autre temps, sa première claque avait frappé le visage stupéfait de la fillette. Il l'avait vécue comme une défaite, certes, une défaite regrettable mais nécessaire.

Aujourd'hui, il est un peu tard pour le déplorer.

12

Le crépuscule descend lentement. Quelques vifs éclats de voix rue Censier, les rythmes reggae d'un autoradio poussé à fond lui parviennent. « Paris est une fête », avait écrit le géant Hemingway à quelques pâtés de maisons de là. Combien n'en avait-il pas vendu, d'exemplaires de ce bouquin, tout au long de sa carrière de libraire ! Du temps de la Lib'ellule, il avait le cœur en fête, lui aussi, mais il l'ignorait.

Il se roule une énième cigarette, fait flamber son Zippo en veillant à ne pas laisser tomber sur sa chemise un brin de tabac incandescent. Flora, à plusieurs reprises, lui a fait remarquer ces petits trous de brûlure inadmissibles dans le tissu – « Balance-moi cette liquette, Pap'. Tu vas pas devenir un clodo, quand même ! » –, mais il continue de porter cette chemise rose pâle au col démodé parce que c'est Régine qui la lui a achetée, comme tout le reste de ses vêtements, d'ailleurs. Il n'a jamais su entrer pour lui dans un magasin, à part pour s'offrir des boots anglaises, sa petite manie vestimentaire.

À force de l'entendre incriminer les horaires tardifs de la librairie, Régine avait pris la garde-robe de son mari en main. Elle s'en faisait un devoir et une joie. Par chance, la plupart du temps leurs goûts coïncidaient, et lorsque malencontreusement ce n'était pas le cas il tâchait de ne pas trop le manifester à sa femme pour s'éviter sa bruyante déception. Il se contentait de passer à la trappe le pull ou le pantalon malvenu, de l'« oublier » sur la dernière étagère de l'armoire. Il pense parfois que Régine n'était pas dupe, mais comme ni l'un ni l'autre n'aimait les conflits…

Il se réchauffe en vitesse un plat de tagliatelles fraîches « cuisson rapide 3 mn », les parsème de parmesan râpé, asperge le tout d'un filet d'huile d'olive et de quelques gouttes de Tabasco. Moins il reste à la cuisine, mieux il se porte. C'était le minuscule royaume de sa femme. Il s'y sent déplacé.

Lorsqu'ils étaient venus s'installer rue Censier, il avait tout de suite regretté la vaste cuisine normande de son enfance avec sa vénérable cuisinière à bois, une Godin en fonte noire. Cœur de la maison, véritable foyer au sens propre, la cuisine était le centre névralgique où se préparaient les repas, où on les prenait, où il faisait bon se tenir à toute heure du jour. Il aurait aimé offrir cela, plus tard, à ses propres enfants.

C'est incroyable comme ses souvenirs affluent. Sortes d'épaves échouées, trésors de plage surnageant après les grandes marées… Lui, à l'heure des devoirs sur la toile cirée à semis de violettes. Sa mère de dos, penchée sur la pierre de l'évier ou sur la cocotte émaillée orange, une cuillère en bois à la main, un foulard autour des cheveux. Et soudain – divine tentation – les nœuds du tablier de drap le narguaient. Il levait le nez de ses cahiers, bondissait pour les défaire aux cris de surprise feinte de sa mère. C'était un jeu entre eux. Il avait duré jusque tard dans l'adolescence.

Un grondement sourd d'orage, des feux d'artifice peut-être du côté de l'Institut du monde arabe. Il se cale davantage encore dans son fauteuil préféré, jette un regard paisible sur la muraille de livres de sa bibliothèque. Pas un qui ne lui parle, qui ne le rassure de sa présence. Il ne sait plus s'il a somnolé un instant ou s'il a dérivé au fil de ses rêveries ou des mirages de sa lecture.

C'est vrai qu'il ressasse énormément ces derniers jours, qu'il se sent planer au-dessus de la réalité, sans attaches. Doit-il s'en inquiéter ? Pourquoi le passé occupe-t-il une place aussi démesurée dans son existence ? Mort-vivant ou vieillard revenant à sa source… La sénilité lui a toujours fait peur, avec son lot de gâtisme, d'amnésie, de rabâchage.

Sera-t-il de taille à quitter la scène avec élégance ? Il a conscience d'avoir Léa pour guider ses pas. Chance ? Malchance ? Elle a toujours été sa chance.

Si avoir pris son père pour exemple afin d'en devenir un n'a certes pas été le meilleur choix, s'il n'a pas eu le talent d'être heureux de trois fois rien avec sa femme et leurs enfants, s'il a, durant trente ans, vécu avec rigueur, ouvrant sa librairie comme son propre père remontait le rideau de fer de l'atelier chaque matin à heure fixe, à quoi bon se le reprocher ?

Ne pas allumer. Rester dans la pénombre aux vagues halos des réverbères. Un peu de flou n'est pas mauvais à prendre. Souvent le monde lui paraît trop net, trop cru, agressif dans ses exigences utilitaristes soumises au diktat de la performance, de la compétition.

Il se sent hors du jeu. Est-ce cela, être vieux ?

13

Arrivé à l'étape finale de sa vie, il lui semble que cela l'aurait aidé d'avoir un vieux père dans les pas duquel avancer pour terminer sa route. Il n'a pas eu cette chance, pas vu le sien aller au-delà de soixante-neuf ans. Depuis trois ans, à sa date d'anniversaire, il se trouble à l'idée de dépasser un peu plus l'âge paternel, de devenir en quelque sorte son aîné. D'ailleurs, le soir de ses soixante-dix ans, il a été tellement perturbé qu'il s'est retrouvé aux urgences à Cochin pour une alerte en apparence cardiaque, mais en réalité tout à fait anodine. « Psychosomatique ! » aurait diagnostiqué Régine, et elle se serait, à juste titre, gentiment moquée de lui.

Il ne sait pas pourquoi, la mort de sa mère, l'an dernier, n'a pas revêtu la même importance. Belle mort à plus de quatre-vingt-douze ans. Voile bistre soudain descendu sur le bleu de ses yeux révulsés, puis plus rien. Il s'en souhaite autant. À Léa aussi.

Mais n'est-ce pas plutôt de survivre à la mort inadmissible de Régine qui lui est inconcevable? Quant à celle d'Étienne, il ne s'en est jamais remis.

Un pétard éclate trois étages plus bas sur le trottoir. Sans doute des jeunes qui se préparent aux festivités du 14 Juillet. Il ne sait jamais si les feux d'artifice ont lieu le 13 ou le 14 au soir. Normal : il déteste la foule en liesse et les bruits d'explosions. Séquelles de la guerre. Ils partageaient cela avec Régine.

Il ferme les fenêtres côté rue, malgré la chaleur épaisse emmagasinée dans l'appartement. Tente de produire un petit courant d'air entre la cuisine et la chambre, qui donnent toutes deux sur cour ; puis, la chemise déboutonnée, la pipe bourrée de frais, il va s'installer à son bureau pour affronter enfin une tâche longtemps repoussée : la poursuite de sa chimère, son mirage nécessaire, l'illusion de sa vie. Il reprend son roman là où il l'a laissé, au troisième chapitre. La page blanche devant laquelle il recule depuis des mois, par crainte de s'y égarer, l'attend.

À force de suivre les méandres de sa fiction, il a insensiblement dérivé et il a, malgré lui, rejoint sa réalité, sa trop intime réalité. Le faux journal de son personnage a dangereusement pris l'allure d'un vrai, du sien, et c'est ce qui l'a obligé à lever la plume, de peur de ne plus rien maîtriser. Peur que l'écriture ne l'entraîne là où il ne sait pas.

Ce soir, il se sent prêt à en courir le risque.

Il relit avec étonnement les pages qui l'ont inquiété, décide de passer outre. Peut-être même ce texte mérite-t-il d'être tapé… Il verra. Il a tout son temps. Et, bien qu'il ait renoncé à croire en ses dons d'écrivain, d'avoir tant fréquenté les talents de la littérature, il ose.

Il ose se poser enfin la question qui le tenaille depuis longtemps : qu'a donc fait son personnage de la passion ? Comment l'a-t-il laissée filer au gré des soucis et des années, s'ensevelir sous les ordures du quotidien ? Est-ce un feu mort faute d'entretien ? Pire : a-t-il fait preuve d'un acharnement méthodique pour l'étouffer ? Et à présent, qu'en reste-t-il ?

Pour une fois, il écrit comme on se met nu, s'interdit de se censurer. Il songe à l'autre nuit, où ses mains ont retrouvé des gestes de douceur à l'égard de son pauvre corps en déréliction. En quoi cela rejoint-il son besoin d'écrire et la personnalité de son héros ? Page, corps, désir, interdit, caresse, passion… À qui sont adressés ces larmes, ces cris que, l'âge venant, il a de plus en plus de mal à retenir ? Qui l'autorisera à franchir ses propres blocages, si ce n'est lui-même ?

Il remercie mentalement une fois de plus sa fantasque Léa, qui continue à lui être d'un incroyable secours. À son contact, il éprouve toujours un effet libérateur, un appel d'air, et aussi la mesure du trajet qui lui reste à parcourir pour se débarrasser de ses entraves. Retourner la voir demain. Oui. Demain. Il a furieusement besoin de rire.

Onze heures du soir, peut-être…

Exténué, en sueur, il lâche son stylo, referme son épais dossier à sangle. Dehors, les explosions intempestives des pétards s'espacent. Les vitres closes le protègent.

Il tète machinalement sa pipe refroidie, aspire par inadvertance le jus de tabac amer, qui remonte en borborygmes dans le tuyau et lui anesthésie le palais.

Une chose est sûre, écrire lui apporte un bienfait qu'il ne peut expliquer. Plus qu'une raison de vivre : la puissante sensation de vivre pleinement, véritablement, sa vie.

14

– Alors, comme ça, vous revoilà déjà ! Je pensais que vous viendriez au mieux le 22, à la sale date. On vient fêter la prise de la Bastille avec son antique belle-mère ?... On ne peut plus la quitter ?... Très touchée, mon cher ! Quel bon vent vous amène ?

Léa joue sur le registre moqueur, mais on perçoit dans sa voix éraillée, heurtée, la vibration d'un trouble.

Il est heureux d'être là, auprès d'elle, il sait ce bonheur partagé. Plus tard, lorsque les brumes de chaleur se seront dissipées, ils sortiront dans le parc. Elle est lasse, cet après-midi, pâle, presque lointaine.

Peu à peu, il la voit se ressaisir, redevenir sa Léa combative qui, pour se donner bonne contenance, vérifie d'un geste mécanique le camée piqué dans son vaporeux gilet de mohair. Objet fétiche d'un autre siècle.

Elle lui indique le grand salon désert où trône le Pleyel de concert désaccordé et purement décoratif sur lequel Flora s'était essayée un dimanche d'autrefois. Il pousse la chaise roulante dans le bow-window qui surplombe la terrasse.

– Pas drôle, hein, Paris les jours fériés… encore pire que Rouen… Le spleen, mon cher ?

À présent, la vieille dame dévisage son visiteur par-dessus ses lunettes cerclées d'argent, avec une insistante gravité. Il en est presque gêné, regrette de ne pas être passé chez Finkelsztajn comme il se l'était promis. Une fois de plus, elle a visé juste. En plein dans le mille. Là où ça fait mal. C'est certainement d'elle que Régine tenait lorsqu'elle déclarait, pragmatique : « Il faut crever l'abcès. » Cette expression répugnante l'avait toujours dégoûté. Il décide de jouer cartes sur table. Il y a toujours urgence à répondre à Léa. Elle écoute, elle attend. N'en démord jamais.

– Non, pas drôle. Déprimant, même. C'est fou ce qu'on se sent seul quand le reste du monde fait la fête, hasarde-t-il.

– À qui le dites-vous !… Allons, jeune homme, ne nous laissons pas abattre. Vous avez bien fait de venir chercher du réconfort auprès de ce vieux débris de Léa.

Mais n'essayez pas de me faire mourir de tristesse, ce serait le crime parfait !

Un crime. Ou presque. Il connaît. Régine étendue sur la tommette rouge du couloir. Inanimée. Et lui, l'imbécile heureux somnolent, repu, le mâle en rut appelant sa femelle pour un supplément d'ébats. En un flash, la scène lui apparaît dans toute sa trivialité : Régine le visage crispé de douleur, dénudée, son grand T-shirt Snoopy remonté sur le bas-ventre.

Quelque chose lui empoigne le cœur, les tripes… Il a trop chaud, roule ses manches de chemise. Il aimerait au moins pouvoir ricaner.

– Longtemps que je ne vous ai vu aussi silencieux. Vous n'avez pas changé depuis votre jeunesse : toujours handicapé du langage ! Ça coince, hein ?… Je me demande par quel miracle ma fille n'en a pas pâti. Mais apparemment elle avait l'air très heureuse avec vous, ma Régine… Sans doute votre botte secrète ! Allez, racontez vos misères à votre vieille Carabosse. Elles ne doivent pas être pires que celles qui surviennent ici, dans ce dépotoir de luxe.

Il ne s'offusque plus des surnoms qu'elle se donne, des métaphores outrées dont elle a le génie. Ce ne sont pas des coquetteries destinées à provoquer une dénégation polie, mais les coups d'épée cinglants et désespérés de l'autodérision. Ses missiles. La force de destruction personnelle de Léa.

Il ne prend pas la peine de l'interrompre.

– Figurez-vous que c'est la fin des haricots programmée, ici. Ma voisine de chambre a filé *ad patres* cette nuit. Zou ! Un aller simple, les pieds devant. Sa famille vient de débarquer. Je suppose qu'à cette heure ils s'efforcent de vidanger les larmes d'usage dans la chapelle ardente. « Ardente », vous entendez ? Ils vont réduire leur vieille en cendres !

Léa rajuste le plaid écossais qui recouvre ses jambes maigres.

– Pour moi, vous vous rappellerez, hein : ni chichis ni mélo, et surtout pas de four. Je n'ai tout de même pas réchappé du crématoire de Birkenau pour finir au feu ! Ce serait un comble ! Je compte sur vous, n'est-ce pas ? Vous êtes mon goy de confiance, ne l'oubliez pas. Alors, juste le kaddish et un petit caillou blanc sur ma tombe. Et pas de rabbin à papillotes, je vous prie ! J'ai toujours eu horreur des extrémistes en tout genre. Rendez-vous compte, après ce qu'on a vécu, quand même... c'est fou !... Et ce Dieu qui s'entête à garder l'incognito, sourd, muet, aveugle... Plus mal en point que moi, celui-là !... déjà mort, peut-être... Allez, ne faites pas cette tête d'enterrement. C'est trop tôt !

Lorsqu'elle évoque sa propre mort, il ne peut le supporter ; il aimerait biaiser, mais, fine mouche, elle ne le rate jamais :

– Ne faites pas l'enfant ! Chaque minute peut être la dernière, et tout est bien ainsi. Regardez, la vie est belle : je suçote encore des cachous, je regarde le jour se lever ; mes nuits sont courtes, certes, mais du coup les journées en paraissent interminables... Il faut savoir se contenter de peu, n'est-ce pas ? Tout un art... Vous le savez, non ? Et puis, voyez, j'ai mal partout, c'est signe que je suis encore vivante. Vous avez mal aussi, n'est-ce pas ? C'est le principal, c'est que tout va bien ! Au fait, merci d'être revenu me voir si vite. Qu'est-ce qui vous a pris ? Vous n'aviez pas mieux à faire aujourd'hui ?

Rare qu'elle remercie. Elle a raison : on est toujours redevable à Léa. Il bredouille quelque chose dans ce sens, s'empêtre dans sa phrase.

– On dirait que vous perdez contact avec le genre humain, vous, ces temps-ci. Vous filez un mauvais coton, mon garçon. Si si ! Je vous assure ! Allez, videz votre sac à votre confidente préférée, profitez de ce qui me reste d'oreilles et de pile ! Et arrêtez de toujours tourner autour du pot. C'est très mauvais pour la santé et c'est énervant !

Il la regarde en souriant, voudrait gagner un peu de temps. Elle ne le lâche pas, insiste :

– Je le sais que vous en avez gros sur le cœur. On ne me la fait pas, à moi. Si vous ne me racontez pas vos bobos, vous allez finir par éclater, et je ne peux plus me permettre de vous prendre sur mes genoux pour vous consoler, vous êtes devenu trop grand, et puis, avec toute cette actualité pédophilique... de quoi aurais-je l'air ? « La belle-mère du cinquième âge entretenait des relations dépravées avec son gendre. » En plus, j'ai fait courir le bruit que vous êtes mon amoureux, figurez-vous. Si si ! Question de standing, vous comprenez... Marre de n'être plus rien pour personne. Je suis vieille, d'accord, mais jusqu'à nouvel ordre je suis encore une femme... Bon, je blague. Pourquoi me laissez-vous déballer tant de sottises ?

Un léger souffle d'air agite les voilages.

– Vous n'avez pas froid au moins, Léa ? Je peux fermer...

Il prend entre les siennes les deux mains percluses de rhumatismes, qui lui répondent vivement.

« N'être rien pour personne » : comment dire à Léa combien elle se trompe ? Comment la préserver de tout, de la souffrance, de la mort ? Comment lui épargner la solitude, les cauchemars qui la torturent depuis la guerre et la réveillent, hurlante, les nuits de rafles et de wagons plombés ?

Il a la gorge nouée. S'il n'était pas interdit de fumer dans l'établissement, il s'allumerait bien une cigarette, pourrait s'abriter derrière un écran de fumée… Il lisse sa barbe d'un air faussement détaché.

– Que vous arrive-t-il, mon cher gendre ? Je vous trouve bizarre aujourd'hui… c'est encore plus affligeant que d'habitude… Que mijotez-vous ? Accouchez ! Vous n'avez pas roulé deux heures à moto pour faire des yeux de cocker à votre vieille belle-mère, que je sache !

Léa a toujours joué sur tous les tableaux. Lui aussi. Facile. C'est un pacte tacite entre eux. Ils s'étaient séduits dès la première minute. Ils s'étaient plu. Ils s'aimeraient toute la vie. On n'explique pas ces choses-là.

C'était en seconde, au lycée Pierre-Corneille. Étienne et lui venaient d'avoir seize ans. Jusqu'alors, ils n'avaient fait que bavarder ensemble dans la cour, au réfectoire ou à l'étude. Mais, ce jour-là, Étienne était absent. Qui allait se dévouer pour apporter les devoirs à Epstein ?

Bourrasques d'octobre, tourbillons de feuilles mouillées dans le jardinet, branches fouettant les vitres… Mme Epstein lui avait fait un chocolat fumant, seulement pour lui, parce qu'il était trempé de pluie. Pas pour Étienne, qui avait trop de fièvre. Et, quelque part dans la maison, les notes maladroites d'une sonatine qu'on déchiffrait : Étienne lui avait parlé de sa petite sœur.

Il se tait, parcourt le visage émacié de la vieille dame, surprend les traces de son ancienne beauté. Mais la dignité de Léa, elle, n'a pas pris une ride. Elle est celle des rescapés dont le bras, tatoué d'un numéro bleu-noir indélébile, témoigne. Elle a toujours été belle et digne, Léa, même quand Étienne est mort, le jour de ses vingt-quatre ans, au volant de sa MG d'occasion.

Il sait qu'elle sait au sujet du 22. Ne sont-ils pas torturés par les mêmes souvenirs ? Et les siens ne sont-ils pas encore plus douloureux, plus respectables ? De quel droit viendrait-il ramener son petit malheur à lui, sa culpabilité à trois sous ? Chez Léa, le poids des morts est incalculable.

Soudain, il se sent moins que rien. Cette petite personne ratatinée est une grande dame. Il a conscience du privilège d'être là, près d'elle, dans ce faux salon Belle Époque.

Que lui dire ? Que lui apprendre qu'elle ne sache déjà ? Que depuis cinquante ans elle est l'être le plus drôle et le plus tragique qu'il connaisse ? Lui dire combien il l'admire ? Qu'elle est essentielle à sa vie ? Qu'il ne faut pas qu'elle meure ?

– Léa…

Elle libère une de ses vieilles mains sèches d'entre les siennes, qui esquisse un geste doux inachevé, aérien, puis se pose sur son avant-bras, s'agrippe. Le sarment de vigne est devenu serre d'oiseau, patte de mouette ; c'est cela, patte de mouette. Légère, blanche, fragile, Léa est une mouette ; il n'y a qu'à voir ses fines mèches argentées, son nez à peine busqué, son regard vif et pointu sous ses paupières roses dénuées de cils.

La seule chose qu'il devrait lui dire, cela fait sept ans qu'il la tait : « J'ai tué votre fille. » Il sait qu'il va forcément rompre le silence, prononcer une phrase, se jeter dans le vide comme sur une page blanche, s'arracher les mots, enfin ! Non, pas cet aveu-là, jamais… Ce serait apaiser égoïstement sa conscience.

Il pourrait lui déclarer : « Savez-vous, Léa, que vous êtes une des personnes au monde que j'ai le plus tendrement aimées ? » Et elle répliquerait tout de go : « Comment ? Pas la seule ? Pas l'unique ? » Ils en riraient.

– Léa…
– Oui…
– Je vous aime tant, Léa…
– Moi aussi, mon p'tit.

Il entend ce « mon p'tit », pire que le « mon garçon » de tout à l'heure. C'est comme un murmure répété pour elle-même, un lointain écho. « Mon p'tit », c'est lui et pas lui : un autre petit habite la pièce. Douceur.

D'une main, la vieille dame se cramponne à l'accoudoir de la chaise roulante pour redresser son dos ; de l'autre, elle enserre plus fort l'avant-bras de son gendre.

Cette main noueuse et dure le précipite soudain dans un gouffre sans fond. « Mon p'tit » fait des ravages. Ses yeux s'embuent. Il ne tente plus de résister. Il n'y a qu'une seule personne au monde pour laquelle il est encore un petit. Et ça n'a pas de prix.

Il prend une longue inspiration, comme s'il avait failli étouffer :

– On est bien, là, Léa, vous ne trouvez pas ?

– Oui, on a de la chance, nous deux.

Ce « nous deux » achève de le bouleverser. Elle lui tapote le bras gentiment, soudain doucement maternelle, comme lorsque, adolescent, il venait lui confier ses angoisses, ses révoltes. Jamais il n'a trouvé pareille attention, pareil réconfort, pareille énergie ailleurs qu'auprès de Léa. À tel point que dès leur rencontre il s'était retrouvé pris entre deux feux et soumis à une situation inextricable : d'un côté, un Étienne fou de jalousie, l'accusant de lui préférer sa mère, de la lui « kidnapper » (cela avait failli tourner maintes fois au pugilat, à la fâcherie irrévocable), de l'autre côté, sa mère à lui, dont les yeux de faïence viraient au gris acier pour mieux le transpercer de reproches lorsqu'il revenait à pas d'heure de ses visites chez les Epstein. Heureusement, l'amour de Régine, puis pour Régine, était survenu sur ces entrefaites, puis le mariage, et cela avait radicalement changé la donne. L'affaire était close. En apparence, du moins.

Mais que pouvait-on contre l'évidence ? Léa et le meilleur ami de lycée d'Étienne s'appréciaient, se comprenaient, s'aimaient. Et il en irait probablement ainsi pendant des décennies.

Aujourd'hui, Léa représente le dernier socle de certitude sur lequel il puisse s'appuyer. Elle est son ultime bouclier face à la mort. Si elle s'en va avant lui, il passera en première ligne.

Comme chaque fois qu'il aborde ces questions épineuses, il conclut qu'il préférerait partir le premier. Être bercé et pleuré par Léa. Son égoïsme le révulse.

– Léa, je ne sais pas ce que je deviendrais sans vous.

– Mon pauvre garçon, il va pourtant falloir vous y faire. Je ne suis pas éternelle. J'ai bien essayé un cocktail naphtaline-formol : aucun résultat ! Au cas où mes expériences finiraient par marcher, promettez-moi de déposer un brevet d'invention à mon nom. Si je décroche une mention au concours Lépine, ce sera toujours ça de gagné pour payer les frais exorbitants de ce mouroir cinq étoiles. Je ne veux être à la charge de personne, et l'éternité… ça dure longtemps !

Le soleil descend de l'autre côté de la cime du cèdre bleu dont l'ombre pointue s'allonge sur l'herbe. Une infirmière vient s'assurer que tout va bien : « N'oubliez pas de boire, madame Epstein. » Depuis l'hécatombe de la canicule 2003, toutes les maisons de retraite sont en alerte dès que la température monte. Un baromètre monumental a été accroché dans le hall d'entrée. Léa ne s'est pas gênée pour ironiser.

Un silence paisible, rêveur, s'installe. Une fatigue.

– Vous savez, Léa, je me suis toujours demandé pourquoi on s'entendait si bien…

– Merci quand même de vous le demander ! C'est du propre ! Et moi qui croyais tout simplement que nous vivions une merveilleuse histoire d'amour !…

– Non, Léa, je ne ris pas, ce n'est pas censé être drôle…

– Oh, je sais. Pas drôle du tout, même ! Dans une minute vous allez fondre en larmes. Vous croyez que je ne vous connais pas par cœur ?

Et il avait fondu en larmes, bêtement.

« Quel enfant… » l'avait-il entendue chuchoter pendant qu'elle lui passait la main dans les cheveux ; ou peut-être était-ce « mon enfant » ? Il n'osait s'attribuer la tendresse de Léa. Savait que la plus grande part devait en revenir à Étienne. C'était bien naturel.

Il s'était empêché de pleurer la tête sur ses genoux.

Finalement, ils n'étaient pas sortis dans le parc. Et quand il l'avait raccompagnée à sa chambre, qu'ils s'étaient longuement pris dans les bras au moment de se dire au revoir, se dégageant enfin, elle avait prononcé d'une voix suppliante qu'il ne lui connaissait pas :

– Si vous pouvez, tâchez de revenir le 22. Je crois que je serai encore là, le 22. À vous attendre… Cette année, vous pourriez laisser tomber votre sinistre bouquet et votre pèlerinage à Montparnasse, qu'en pensez-vous ? Nous, chez les juifs, on n'a pas le culte des tombes, vous savez… notre Régine s'en fout, c'est sûr, là où elle est. Enfin… faites comme vous pourrez…

La porte s'était rabattue, happant sa promesse au passage :

– Je viendrai, ma Léa.

« Ma Léa. »

Arrivé au péage, la douceur du possessif s'attarde encore dans sa bouche comme le goût sucré d'un bonbon.

15

Depuis son réveil, des bruits insolites l'ont tiré de sa mince somnolence matinale. Des voix d'hommes, des allées et venues bruyantes dans l'escalier, des appels montant de la rue et se répondant, des vibrations d'ascenseur, des sautillements trépidants et exaspérants au-dessus de sa tête, au plafond : les nouveaux occupants du quatrième.

« Une merveilleuse histoire d'amour. » Entre rêve et réalité, ces mots reviennent le frapper. Les yeux mi-clos, encore embrumé de sommeil dans la chaleur poisseuse de la chambre, il revoit sa Léa les prononcer sur ce ton malicieux qu'elle emploie lorsqu'elle ne veut pas être démasquée, lorsque affleurent ses véritables sentiments.

Elle avait vite penché sa petite tête d'oiseau, trop vite, pour se dérober à son regard, mais il avait eu le temps de remarquer son menton qui tremblait.

Oui, à n'en pas douter, ce qu'il vit avec elle depuis plus d'un demi-siècle est une « merveilleuse histoire d'amour ». Comment nommer cet attachement ? Il ne voit pas d'autre terme et pourtant, depuis que sa chère belle-mère l'a utilisé hier pour la première fois, il est bouleversé. Il se sent confronté à une question personnelle, à quelque évidence qui aurait dû l'aveugler depuis la première minute de leur première rencontre, et qu'il a refusé d'admettre. De cette attirance mutuelle, Régine, qu'a-t-elle su ? Il fuit le malaise d'une quelconque réponse.

À force d'envisager ce lien d'affection avec Léa comme un fait acquis, un don mystérieux d'un genre indéfinissable, n'avait-il pas, du jour où il avait fait la connaissance de la mère d'Étienne, occulté ce qui représentait à la fois la richesse et le danger de cette relation privilégiée : sa dimension amoureuse, sexuelle ? Ces mots l'épouvantent.

Comment a-t-il pu éviter la plus dérangeante, la plus scandaleuse des hypothèses ? Par quelle terrible ruse du destin le jeune garçon d'autrefois avait-il succombé au charme de la mère puis à celui de la fille ? À moins que ce ne fût un tour de son esprit perverti, une hypocrisie du cœur, le résultat de sa lâcheté…

Le ciel lui en est témoin, il avait tout tenté pour tuer

cet amour. Et c'était chose faite depuis son mariage précipité. Il y avait cru. Il le fallait.

Le bruit s'amplifie. Il provient du petit deux-pièces du dessus, celui que Régine avait voulu annexer à l'époque. Les enfants grandissaient, et leur appartement était devenu exigu, lorsqu'elle avait appris que le quatrième était à vendre. Elle avait passé des jours et des nuits à le persuader que c'était une bonne affaire, imaginait déjà l'escalier en colimaçon reliant les deux niveaux. L'occasion du siècle. Mais il était resté inflexible.

On était au début des années quatre-vingt et, financièrement, un engagement pareil lui semblait beaucoup trop risqué. Il réussissait tout juste à équilibrer les comptes de la librairie. Et puis il venait de récupérer le bail de l'ancienne boucherie mitoyenne pour en faire un « espace jeunesse ». Il avait les pieds sur terre, lui, un objectif, des idées novatrices. Elle devait lui faire confiance. N'était-il pas le capitaine du navire ?

Régine avait fini par lâcher prise, l'avait traité successivement d'idéaliste, d'égoïste, de macho, puis avait fait une croix sur son mirobolant duplex de rêve. Aurélien et Flora avaient râlé aussi, bien sûr, sous le coup de la déception : un concert de lamentations et de reproches typiquement adolescents. Puis, avec le temps, tout était rentré dans l'ordre. On avait même sympathisé un moment avec la journaliste russe du dessus.

Quelques années plus tard, quand il avait vu Régine jeter en boulettes ses plans maladroits dans la corbeille à papier, elle avait refusé d'en reparler, même sur le mode humoristique.

Des sauts répétés, des grincements de parquet, des raclements de meubles qu'on déplace, rien ne lui est épargné. Va-t-il vivre désormais dans cette insupportable promiscuité sonore ? Va-t-il regretter le projet de Régine ? Il se veut farouchement hostile à tout remords, constate pourtant à quel point, ces derniers temps, il s'y laisse prendre. Refuser cela absolument. S'interdire cette propension débilitante à revenir sur une vie qui touchera bientôt à son terme. Tâcher au contraire de puiser des forces nécessaires au maintien du peu d'élan vital qui lui reste. Après tout, si les gens du quatrième lui pourrissent l'existence, il n'aura qu'à, enfin, y trouver une raison majeure pour s'exiler aux Roches Noires ! Cette perspective l'amuse assez.

Il roule, bien serrée, sa première cigarette de la journée, la plus meurtrière, véritable « clou de cercueil » selon les mises en garde professionnelles et amicales de Bénabou, et va se préparer un grand bol de Nescafé. Il tousse, certes, mais il s'en fiche.

Bien que ça l'embête, il faudra qu'il aille tout à l'heure jeter un coup d'œil à l'emménagement là-haut, peut-être aussi fera-t-il l'effort de sonner chez ces gens. Il tâchera de ne pas trop envenimer la situation dès le début, mais les remettra tout de même un peu à leur place.

Enveloppé par la double fumée de son café et de sa cigarette, il se cherche de bonnes excuses pour ne pas bouger de la journée. C'est fou ce qu'il est devenu passif. À moins que ce ne soit dépressif. Il ne se reconnaît plus. Deviendrait-il misanthrope ? Trouvera-t-on son corps décomposé, puant, bouclé à double tour ? Il n'aimerait pas être obligé d'aller dans une maison de retraite ; celle de Léa, par exemple… Prendre sa relève sur le même fauteuil roulant qu'elle, dans sa chambre, dans son lit… son lit… Merde ! Ça suffit ! Son imagination devient décidément une ennemie redoutable.

Une poussière dorée poudre le clocher de Saint-Médard. La girouette et le petit coq se dressent, côte à côte, au-dessus du pan d'ardoise bleutée et brillent de tous leurs feux.

Il a toujours adoré cette vue.

Lorsque ses beaux-parents étaient venus de Rouen pour visiter leur nouvel appartement, Léa l'avait taquiné en pointant l'église : « J'espère que ce saint patron ne vous en voudra pas de vous être enjuivé, mon ami ! » Nathan avait trouvé que sa femme exagérait. Régine n'avait pas entendu, occupée à mesurer les rambardes où elle voyait déjà fleurir les jardins suspendus de Babylone.

Lui, les surnoms dont Léa continue à le gratifier, il en a toujours goûté la délicieuse et surprenante complicité. Même ceux qui font allusion à son statut de goy. Les « mon cher », « mon gendre », « jeune homme », « mon p'tit » lui tombent dessus comme autant de messages codés, de clins d'œil, de déclarations, de tendres déclarations… Elle ne l'a jamais appelé par son prénom. Il n'a jamais demandé pourquoi.

Ce matin, il se sent sur le point d'atteindre une certitude qui cherche encore à se dérober. À son âge, il serait temps de voir un peu clair dans tout ce fatras. Il faudrait se soumettre à l'épreuve de vérité. Il pense au 22 juillet. Au fond, Léa n'a pas tort, c'est aux vivants qu'il faut offrir des fleurs. C'est à elle qu'il en apportera.

Là-bas, près de Rouen, elle l'attend déjà.

Il s'accorde la lecture de quelques pages de Proust, enroule distraitement le signet de satin or de sa Pléiade autour de son index jauni par le tabac.

Il attaquera la journée plus tard.

Rien ne presse.

16

Au fil des pages, il s'est éloigné de Guermantes, de Swann et des Verdurin. Parfois, il se sent comme un hamster qui tourne à vide dans une cage. Et pourtant, n'y aurait-il pas chaque jour, chaque matin au réveil, de quoi s'étonner s'il le voulait bien ?

Il suffirait peut-être d'être honnête vis-à-vis de lui-même, sincère à l'égard des autres et surtout disponible, totalement disponible.

Il s'est toujours retenu. Il s'est coupé les ailes tout seul à force de vouloir répondre aux exigences supérieures de sa raison. Il s'est consciencieusement frustré par devoir. C'est du moins ce qu'il se plaît à croire. Cette explication l'arrange.

Certains jours, il est convaincu d'être parvenu au bout de ses ressources ; d'autres fois, il est persuadé que tout peut encore arriver : le plus inattendu, le plus incroyable, le plus bouleversant. Il se remémore les occasions qui se sont présentées à lui au cours de son existence et qu'il a préféré écarter au nom de sa droiture morale.

En quoi la « merveilleuse histoire d'amour » de Léa fait-elle partie du lot ? C'est ce point aveugle qui désormais l'obsède. Il se teste, répète « ma Léa, ma Léa » pour s'aguerrir et, chaque fois, c'est une décharge violente, un coup au cœur. Difficile de croire à la banalité de cet attachement. Encore moins à son innocence. Tout son passé lui prouve le contraire : il s'est épris de Léa dès qu'il l'a vue. Le soir des devoirs.

En sortant de classe, cet après-midi d'octobre, il avait vite retrouvé le trajet qu'Étienne et lui avaient souvent emprunté en se raccompagnant l'un l'autre. Il avait tiré la sonnette de la maison de briques rouges.

Le visage lumineux, les yeux verts malicieux et tristes, la silhouette gracile de la femme lui étaient apparus dans un éblouissement. Ses seize ans avaient tremblé.

– Bonjour, madame, je viens apporter les devoirs à Étienne.

– C'est gentil. Entrez donc, jeune homme.

Elle lui avait demandé son nom.

– Ah oui, Étienne nous parle souvent de vous.

Elle s'était effacée pour le laisser passer. Le corridor étroit était mal éclairé. Il avait frôlé sa poitrine, engoncé qu'il était dans son duffle-coat humide, encombré par son cartable, et à ce contact il s'était senti rougir jusqu'aux cheveux. Plus tard, quand elle l'avait reconduit sur le perron, elle avait serré sa main très fort. Il en avait longtemps gardé l'empreinte.

– Revenez quand vous voudrez. Vous serez toujours le bienvenu.

L'air embaumait d'effluves de chocolat chaud, de l'humus des feuilles pourrissantes du jardin, et d'un parfum de femme qui lui resterait à jamais insaisissable, innommé. Son amour pour Léa venait d'être au même instant révélé et frappé d'interdit.

« Revenez quand vous voudrez… »
Depuis plus de cinquante ans, il ne cesse de revenir.

Pendant qu'il rêvasse, étonné des images intactes que lui fournit sa mémoire, l'immeuble semble avoir retrouvé sa paix. Le remue-ménage a cessé. En bas, on entend le roulement métallique du hayon d'un camion qu'on referme. Une galopade dans l'escalier, une voix aiguë d'enfant, puis plus rien. Pas la moindre envie d'aller y voir.

Il se referait bien un deuxième bol de café.

Où est passé son légendaire sens du devoir, dont il s'enorgueillissait ? Certes, sa mère disait toujours qu'il n'y a que les imbéciles pour ne pas changer. Pas sûr que ce changement-là lui aurait plu.

Il grimpe finalement à l'étage. Quelques cartons encombrent le palier. Il ne se résout pas à frapper et redescend, allégé, la conscience nette. Mission accomplie. Il ne prête aucune attention à l'ascenseur qui remonte.

Des coups à la porte. Devant lui, une jeune femme aux cheveux courts en épis et un garçon à l'air grave.

– Ça alors, c'est fou ce que le monde est petit !

Qui l'a dit le premier ? Il ne s'en souviendra plus par la suite. Il reverra juste Wanda s'essuyant discrètement la joue du revers de la main, de sa gêne à lui, faisant comme s'il n'avait rien vu.

– Excusez-moi, je ne sais plus où j'en suis. Mes clés sont en haut, enfermées dans l'appart. On vient d'arriver… un courant d'air… mon portable aussi est dedans. Je pourrais téléphoner d'ici ?

– Mais bien sûr ! Je vous dois bien ça ! Entre « perdeurs » de clés… Entrez ! Sans vous, je serais peut-être encore à rôder en caleçon de bain à la piscine…

Il tâche de détendre l'atmosphère, conscient que, par

une de ces feintes du destin qui donnent à la vie tout son sel et rendent incrédibles les pires feuilletons télé, ils sont en train de vivre une situation incroyable, mais malicieuse. D'ailleurs, le gamin en reste ébahi, bouche ouverte, s'accrochant au bermuda effiloché de sa mère :

– Maman, t'as vu, c'est le monsieur...

Le serrurier parti, la mère et son fils sont remontés chez eux rassérénés. Il déroule en boucle la scène dans sa tête.

Ce n'était qu'à l'instant où il l'avait prise par l'épaule pour l'encourager à entrer que la jeune femme avait craqué. Il n'avait pas saisi tout de suite. Il en était encore à s'étonner de la coïncidence de leurs retrouvailles quand les larmes de la mère avaient déclenché les sanglots du fils.

Cela l'avait pris de court.

– Ça va aller, mademoiselle, ce n'est rien. Une bête histoire de clés. Ne vous mettez pas dans cet état...

Il avait rectifié en l'appelant madame. Mais elle avait l'air si jeune...

Il ne savait que faire, comment les réconforter.

Il leur avait indiqué le divan, était allé leur chercher une boîte de kleenex et deux verres d'eau fraîche – « elle est du robinet, ça ne vous dérange pas ? » – et ils étaient restés là, ayant perdu la notion du temps comme des rescapés échoués par miracle se retrouvent sur une île déserte.

C'est vrai. Tout pouvait survenir à tout moment.

À y repenser, une joie diffuse, une sorte de bourdonnement heureux, l'emplit. Longtemps qu'il n'a éprouvé cela.

Bientôt deux heures du matin. Il va tâcher de dormir. L'épaule menue de la petite Wanda tient, arrondie, au creux de sa paume.

17

Paris, 16 juillet

J'ignore pourquoi je reprends mon journal interrompu depuis de si longs mois. Mystère de l'écriture. La dernière fois, en panne d'idées, j'avais utilisé le vieux procédé éculé des « Je me souviens ». Quel culot de prétendre rivaliser avec ceux de Perec ! Je relis ces pauvres pages, à présent, comme j'ai relu pendant des dizaines d'années tout ce que j'ai écrit, avec la conviction profonde de mon manque de talent. Pourtant, j'y ai longtemps cru, j'y crois peut-être encore dans de brefs moments d'illusion. Tant de feuilles noircies en vain ! Arrêter de sacrifier de nouveaux cahiers toilés et des rames de papier ! Paradoxal : le courage serait de capituler ! Et pourtant, je m'accroche à cette chimère de la littérature, de l'écriture, depuis mes premiers ânonnements à l'école, je me monte la tête alors que je n'ai que des preuves tangibles et flagrantes de mon échec. Pathétique !

(plus tard)
Je reprends malgré tout.

La nouvelle voisine du quatrième m'a descendu un pot de confiture de framboises encore tiède pour me remercier de mon « soutien », hier. Elle a attendu que son fils soit enfin endormi. Il souffre, dit-elle, de terreurs nocturnes depuis le divorce. Nous avons échangé quelques gentillesses avec cette Wanda Moretti. C'est son nom. Elle vient de remonter chez elle en grimpant les marches quatre à quatre. On a du mal à lui donner l'âge d'être la mère de son Jim de cinq ans. Malgré ses récentes épreuves, qu'elle évoque à demi-mot, elle possède une grâce et un visage de très jeune fille, des yeux kaki dont la tristesse n'est pas absente, contredits par une bouche rouge, gourmande et prête au rire. Rouge framboise, justement. Sucrée et tiède, sans doute. Fruitée.
Fadaises de vieux cochon.

Je dois reconnaître cependant que quelque chose me touche dans sa fragilité. Je me sentirais volontiers enclin à être tendre avec elle si je ne trouvais cela grotesque et déplacé.
Suspicion à l'égard de ce sentiment... pseudo-paternel !
Pourquoi cette fille serait-elle censée m'occuper l'esprit ? Est-ce qu'il y aurait du Flora là-dessous ? Ou bien, chez le petit Jim, ma propre nostalgie de grand-père ?
Est-ce qu'un jour je lirai sous ma plume :
Je me souviens de la confiture de framboises de Wanda M.

Je me souviens de Wanda M. et son fils retrouvant ma clé de vestiaire à la piscine Jean-Taris.
Je me souviens de « Ça alors, le monde est petit ! ».
Je me souviens des larmes que Wanda M. voulait me cacher.
Je me souviens du choc de son épaule nue dans ma main.
Je me souviens que je l'avais appelée mademoiselle.
Je me souviens que c'était entre le 14 et le 22 juillet.

Mon roman est de nouveau en panne.

Ces lignes sont d'une indigence affligeante.

Il faudrait avoir le cran de cesser d'écrire tout à fait.

Tout brûler. Ni Flora ni Aurélien ne doivent tomber dessus après ma mort.

18

Le soleil disparaît derrière le cèdre du Liban. Les parents des pensionnaires commencent à montrer des signes d'impatience. Certains regardent discrètement leur montre, s'adressent des gestes de connivence derrière les chaises roulantes. Ils en ont assez fait pour leur vieux ou leur vieille. Ils sont soudain pressés d'en finir, pris d'un besoin urgent de plier bagage, de rejoindre le monde des vivants.

– Bon, faut qu'on y aille, Mémé, avant que ça bouchonne sur la route. Le week-end, tu comprends… les gosses ont école demain.

Allez, allez, mes petits, oui, bien sûr… marmonne, inaudible, la mémé encombrante dont la bouche se tord pour retenir un bridge fugueur ou une douloureuse détresse.

Et voici chaque vieux, seul, entreposé dans ce décor en trompe-l'œil, laissé pour compte purement et simplement près du piano à queue, contre un arceau de la pergola ou bien à l'abri de la tonnelle, attendant comme à la consigne sa relégation imminente au rayon des rebuts. Voici les vieux et vieilles confiés aux soins des professionnels qui s'affairent mollement. Jusqu'à la prochaine visite de charité.

Il n'a jamais supporté les adieux, ni du côté de celui qui reste ni du côté de celui qui part. Il se sent toujours incapable de les affronter, de les vivre, de les subir. Avec Léa, chaque fois, ce sont des efforts infructueux afin de la quitter en douceur, et le goût de ce moment-là persiste étrangement en lui, des heures durant, jusqu'à épuisement de la mémoire des sens : le parfum toujours frais, printanier, de vieille dame insoumise aux ravages du temps, le toucher de sa joue, la vue de la photo des chers disparus sur la table de nuit.

– Vous n'avez pas froid, Léa ?

– Mais non, mon cher, cessez de vous tracasser pour moi, je ne crains plus grand-chose, vous savez. Que voulez-vous qu'il m'arrive de pire que le froid de la mort ? C'est réglé comme du papier à musique, ne vous en faites donc pas. On vous sonnera.

Lui revient une expression enfantine de Flora, un jour qu'il l'avait récupérée, fiévreuse, à la petite école. Elle lui avait déclaré d'un air grave : « Pap', tu trouves pas qu'on grelotte comme un oiseau en hiver ? » Il avait été impressionné par la justesse et la poésie de la comparaison. Il avait même essayé, ensuite, d'écrire une nouvelle à partir de cela, sans succès. Bien difficile de dépasser en qualité la création spontanée de tout enfant naturellement expert en haïkus et en métaphysique.

Sur la pelouse, les tourniquets d'arrosage commencent leur lent ballet aquatique. Léa, pauvre mouette frileuse, semble plus tassée, plus recroquevillée, plus lointaine que d'habitude, enveloppée de son châle blanc au crochet frangé comme de longues ailes. Il en ressent un malaise, entrevoit avec terreur venir les spectres de la fin.

Alors, comme pour secouer l'atmosphère plombée, les désengluer tous deux de l'oppression insidieuse qui les gagne, il est pris d'une folle envie de surprendre Léa, d'oser ce qu'il n'a jamais osé, de l'embarquer dans ses fantasmes coupables de jeune homme de seize ans éperdu d'amour et dont subsiste bien plus qu'il ne voulait se l'avouer. Il se sent de taille à assumer tout cela, à l'instant même. Ne sait pourquoi.

Car en effet, il faut en convenir, qu'était-ce d'autre que de l'amour, ce sentiment terrible et tendre, ces pensées obsédantes d'elle, ces silences torturants au bord du cri, ces regards adorateurs passant de la fervente piété à la honte du déshabillage mental le moins chaste? Il l'admet: quelque chose de sublime, d'irréfutable, de miraculeusement intact a traversé leurs vies sans qu'ils s'en soient fait l'aveu.

Est-ce pour cela qu'il a accouru vers elle avant la date? Est-ce pour cela qu'il revient sans cesse ces derniers temps, et ne parvient pas à la quitter?

Il est pris sous le charme. Il en est heureux.

– Léa, ma Léa. J'aimerais tant vous emmener loin d'ici. Où pourrais-je vous enlever sur mon blanc destrier?

– Trop tard pour les contes de fées, mon p'tit! Regardez dans quel état je suis! Votre cheval se cabrerait de terreur rien qu'à me voir. Dénichez-vous plutôt une belle princesse neuve ou d'occasion à prendre en croupe. Profitez du privilège de votre sexe et de votre âge. Filez! Refaites votre vie! Oubliez-moi, ainsi que notre Régine trop tôt partie. Nous ne vous en voudrons ni l'une ni l'autre. Laissez-moi derrière vous avec mes monceaux de morts. Et surtout, ne vous retournez pas!

Elle a dit cela dans un souffle, sans hésiter. Sa voix rauque n'a pas fléchi. Une telle fermeté devrait suffire à le désarmer, pourtant il s'entête, poursuit, cherche à provoquer la réponse qu'il est venu quérir, la réponse à la question qu'il ne parvient toujours pas à formuler, l'aveu qu'il ne peut faire. Il tente le ton badin:

– Vous rigolez, Léa ! Vous me croyez encore fringant, mais il n'en est rien. Rajustez vos lunettes ! Je me suis bougrement décati ces cinquante dernières années. Lentement mais sûrement. Bientôt je viendrai planter mes pénates ici, à vos côtés, dans ce château de carton-pâte. Vous savez, ce sera comme dans « Colloque sentimental » de Verlaine : « Dans le vieux parc solitaire et glacé / Deux formes ont tout à l'heure passé. / Leurs yeux sont morts et leurs lèvres sont molles, / Et l'on entend à peine leurs paroles. » La suite m'échappe…

– Mais vous êtes fou, mon pauvre ami ! Restez dans votre appartement jusqu'au bout. Croyez-moi, on ne s'en va pas de chez soi de gaieté de cœur. Ici, c'est le dénuement. On m'a dépouillée, dépossédée de moi, de l'essentiel. Tout me manque : mes livres, mes bibelots, mes meubles, ma vaisselle. Même l'escalier du premier qui devenait pourtant un cauchemar, et le frigo qui ne dégivrait plus, et l'odeur de salpêtre qui montait de la cave humide, et la cloche de Saint-Yrieix qui sonnait les heures. Et je vous fais grâce de tous les lambeaux de souvenirs, de musiques, de jeux d'enfants que j'ai laissés là-bas, accrochés aux murs et aux arbustes du jardin comme autant de guirlandes de fête oubliées et qui me tenaient chaud. Ici, tout a été pensé moderne, efficace, fonctionnel, mais c'est du superflu que je suis affreusement privée ; c'est de l'ébréché, de l'usagé, de l'inutile que j'ai le plus besoin. Vous savez…

au camp… Bon, ça suffit. Partez. Vous m'épuisez à la fin !

Léa rejette la tête en arrière, yeux fermés, bouche close. Butée. Son menton pointe, presque comique, dégageant son maigre cou plissé. Une veine bleue bat le long de sa tempe, saillante et sinueuse comme un fleuve sur une carte de géographie en relief. « Le Beau Danube bleu »… Il se plaît à l'observer, se tait, respecte la pause.

Il plonge doucement dans sa contemplation. La luminosité parfaite de la peau l'étonne, comme éclairée de l'intérieur. Les paupières diaphanes, sorte de pétales translucides, masquent à peine les globes prononcés des yeux. Il admire le nez racé, légèrement aquilin, les narines pincées qui palpitent de fureur contenue. Il aime la rage qui habite la vieille dame, se rassure à la vue du tableau de son invincible jeunesse.

Cette femme semble s'offrir sans réserve, sans voile, presque sans pudeur, à son regard. Il doit crisper les poings au fond de ses poches pour ne pas succomber à l'envie de prendre son visage nu entre ses mains.

Un long silence bruissant les embrasse, les unit, se déplie jusqu'à ce que finalement il se brise. L'émotion les submerge. Il aimerait pouvoir fumer. Pas moyen. Il hasarde :

– Léa, excusez-moi. Je vous embête… Parfois je me dis que la pièce aurait pu se jouer autrement… enfin…

vous comprenez… depuis ce jour des devoirs d'Étienne… Qu'en pensez-vous ? N'y avait-il pas d'autres scénarios possibles ? Y avez-vous jamais songé ?

Contre toute attente, Léa ne réagit pas, ne bronche pas. Elle fait mine de s'être assoupie, de ne rien avoir entendu. Sa respiration frémissante s'est accélérée. L'ombre d'un feuillage balaie son front froissé, ainsi que ses pommettes saillantes que, en cet instant, la paix a comme lissées.

– Ma Léa…

Il a été le dernier parent à franchir la grille du parc. Le guidon à la main, il a poussé sa Ducati sur les gravillons du parking pour ne pas nuire au calme des résidents. Puis, les hauts murs moussus, la départementale bordée de haies vives, le rond-point de Saint-Hilaire-en-Vergnes, et, sur la façade lépreuse du vieux routier désaffecté, l'image écaillée d'un vieux Bébé Cadum aux joues rongées par le temps et les intempéries ; enfin, le premier panneau indiquant l'embranchement de l'A13.

La journée a été étouffante. Il roule, libéré, vers Paris et une odeur d'essence et d'asphalte emplit son casque. Il transpire. De chaleur, bien sûr, mais aussi au souvenir inconfortable de ce qu'il vient de vivre. Honte, regret, colère de n'avoir rien trouvé à dire ni à faire lorsqu'il a vu, terrifié, fasciné, une larme glisser au coin de l'œil de Léa.

Il s'en veut de l'avoir abandonnée là-bas dans sa détresse. Et cela lui rappelle d'autres larmes. En dernier lieu, celles de la nouvelle voisine du quatrième. Heureusement qu'avec elle il avait su se montrer moins indigne. La présence du petit garçon maigre n'y avait sans doute pas été pour rien.

Plus facile d'agir, pense-t-il, lorsqu'il n'y a pas un long passé de souvenirs inextricables.

C'est une explication bancale, il le sait, mais il s'en contente.

Le périph est complètement bouché à partir de la porte de Vanves. Il va couper par les boulevards extérieurs.

19

17 juillet

Impossible de dormir. La larme de Léa me coule dans le cœur comme un acide. Violent remords de mon insuffisance, de mon impuissance, devrais-je dire. Qu'est-ce que je cherche à mettre au jour ? Quel secret à percer ? Quels vestiges à exhumer ?

Je me sens ignoble d'avoir poussé Léa dans ses retranchements. J'ai dû lui paraître un véritable tortionnaire pour qu'elle en soit venue à évoquer les camps. Honte à moi. Comment vais-je pouvoir revenir là-dessus ? Et le pire serait qu'elle m'accorde le pardon que je ne mérite pas.

Quand je pense que je dois retourner à la Roseraie dans cinq jours ! Je ne m'en sens pas le courage, et pourtant, pas question d'ajouter la lâcheté à mon palmarès. Je suis vraiment un pauvre type : écrivain raté, père égoïste, mari coupable, fils décevant, et j'en passe… Comment envisager un quelconque avenir après un constat pareil ?

Il est bientôt minuit et j'entends le pas léger de Wanda Moretti qui se déplace à l'étage. Pieds nus, sans doute.

Étranges, les hasards de la vie ! Si j'avais consenti à acheter l'appartement du dessus et réaliser le duplex dont rêvait Régine, la petite Wanda et son Jim ne seraient pas installés là-haut. À présent, c'est Flora qui habiterait peut-être le deux-pièces. Est-ce que je préférerais sa présence ? Rien n'est moins sûr. (J'espère que ce qui me fait écrire cela, ce n'est pas le vieux cochon qui sommeille.)

À propos de sommeil... cette petite Moretti est drôlement insomniaque aussi. Autant que son gamin. Bon, « ça suffit », comme dit Léa. Mais qu'est-ce qui suffit ?... TOUT !

(plus tard)

Impossible de dormir. Impossible même de lire une ligne. À chacun sa « recherche du temps perdu ». À moi de me débattre avec la mienne.

La larme de Léa comme la larme noire sur le visage de la statue au fronton du palais de Chaillot. C'était du temps où j'emmenais les enfants faire du patin à roulettes sur l'esplanade – on ne disait pas des rollers, alors. Il y avait un vieux petit monsieur qui y patinait tous les jours comme un champion, et il n'était pas question, avant de rentrer, de faire l'impasse sur l'incontournable visite à l'Aquarium.

Tout un monde englouti.

(plus tard, encore)

À quoi correspondait donc cette larme noire sur le visage de la femme sculptée dans la pierre grise ? Aurélien et Flora avaient chacun leur théorie à son propos et finissaient toujours par se chamailler pour avoir gain de cause. Y est-elle encore, cette larme ? Il faudra que j'y retourne. Peut-être que Flora se souvient…

En attendant, comment remédier à la tristesse de Léa qui me brûle, me fait mal rien que d'y penser ? Comment remédier surtout au gouffre de solitude qu'elle révèle ?

Je me sens plus lamentable, inutile et coupable que jamais. Et lâche. Combien de temps vais-je encore pouvoir me supporter ?

À le relire, mon roman me donne la nausée. Et ce nombrilisme du journal intime qui ne mène à rien non plus ! Culot de jouer à l'écrivain. De quel droit ? Je ne suis qu'un pauvre type. Un libraire veuf. Je devrais en rester là.

Tout le reste me dégoûte.

20

Un clochard est allongé, torse nu, sur la pelouse interdite du square Saint-Médard. Il se gratte le dos sous le regard médusé de deux gosses agrippés au grillage pour mieux l'observer. Au milieu de l'aire de jeux, le train en bois multicolore grouille de gamins luttant au coude à coude pour se hisser au sommet de la minuscule échelle d'où ils se laisseront glisser en joyeuse pagaille sur le toboggan, pour atterrir les fesses dans le sable.

Il aime ce tableau d'un village hors du temps qui fait le charme de la Mouffe, se demande parfois si, un jour, le feuillage dense des arbres privera les successeurs de son appartement de la vue du coq et de la flèche d'or étincelants au clocher de l'église.

Ce matin, au courrier, une carte de Martial. Une vue du souk des ferblantiers à Tunis. Les Bénabou ont décidé de partir cet été sur les traces de leur enfance. Un jour ou l'autre, chacun n'entreprend-il pas ce parcours ? Et si c'était ce qu'il recherche, lui, à sa façon, en se rendant comme il le fait de plus en plus fréquemment à la Roseraie ? Il sait que ce n'est pas tout à fait de cela qu'il s'agit. Moins simple que cela. Comment Léa constituerait-elle le point de départ de sa vie ? Ce serait occulter les seize années antérieures à leur rencontre : celles chargées de l'amour insensé d'une mère, de la quête vaine d'un père humilié, de la déportation des petites Zilberman, de son premier amour pour Lizzie, du séisme irréparable de la guerre, de ses jeux de soldat dans les ruines de Rouen.

Il le sait, son passé le rattrape toujours. Il tente infructueusement de s'en préserver. Cette nuit, dans un mauvais rêve, il a vu couler une larme noire sur la joue de Régine. Corps gisant dans le couloir de la salle de bains. Une Régine au visage glacé. Il s'est réveillé en sueur alors que la joue pétrifiée achevait de se minéraliser, devenait stèle mortuaire. Il n'avait pu en lire le nom gravé.

Ces derniers temps, sa nonchalance l'étonne. Lui qui a toujours fait preuve d'une activité effrénée, d'une boulimie de projets professionnels, de rencontres qui empiétaient sur sa vie de famille, il ne se reconnaît plus. Est-ce le fait d'un abattement moral ou physique ? Y a-t-il en lui un ressort définitivement cassé ?

Il a conscience de vivre un immense désintérêt pour le monde environnant, pour la tournure désolante que prend la société. Profond désaccord. Manque de goût. Manque de curiosité. Il ne sait plus où est sa place. Il a cru en avoir une, mais il se peut qu'elle ait été illusoire. Et l'illusion est tombée à la minute même où Régine a été foudroyée. Où il a foudroyé Régine.

Mis à part ses débats intérieurs sur sa responsabilité dans cette mort, il a éprouvé une réelle stupeur à constater, à sa disparition, combien sa femme lui était indispensable, irremplaçable. Combien l'existence sans elle allait être une épreuve de tous les instants.

Il s'en était toujours voulu de ne pas l'aimer assez. Il ne se doutait pas que Régine était sa colonne vertébrale, ses bras, ses jambes, sa charpente. Qu'elle apportait un peu de légèreté et de stabilité à son âme pesante. Qu'elle l'avait guéri à son insu de bien des plaies secrètes sans jamais avoir été intrusive. Qu'elle l'avait entouré, nourri, vêtu, choyé.

Et lui qui s'était si souvent plaint de ne pas être comblé ! Il a été aveugle. Injuste. Ingrat.

Elle l'avait entouré plutôt que comblé. Il aurait dû comprendre que combler est du domaine exclusivement maternel, alors qu'en l'entourant elle avait cherché à le protéger, à le sauver. Et même de l'emprise de sa propre mère. Il s'en est aperçu trop tard. Il s'accuse d'avoir été égoïste à l'égard de Régine. Pire. Il s'horrifie de jour en jour à l'idée qu'il ne lui a rien donné de lui. Qu'il l'a payée en fausse monnaie. Trahie dès le début. Il ne supporte pas l'idée que leur couple n'aurait été qu'une tendre variante de l'amitié avec Étienne. Rien de plus. Qu'un prolongement de cette affection élective. Il s'est même récemment demandé s'il n'y avait pas eu habile manœuvre de la part d'Étienne : en faisant de lui son beau-frère, le lier aux Epstein et lui interdire en quelque sorte l'accès à Léa, briser la complicité de son meilleur ami avec sa mère, à moins que ce ne fût avec lui-même... Il s'est empressé de repousser ces hypothèses indignes qui offensent la mémoire d'Étienne.

Régine n'aurait-elle été qu'un pion ? Impensable. Certes, elle l'avait cueilli à l'époque de sa passion secrète pour Léa, et il avait succombé aux avances adorables d'une Régine de dix-sept ans. À cette époque, il n'en pouvait plus de souffrir de son amour coupable, il voulait parvenir à le tuer, y mettre un terme définitif.

Tout le lui confirme, malgré tout : cet amour a traversé les années, n'a jamais cessé de le tarauder, exige aujourd'hui réparation.

Sa fatigue massive et cette récente tendance à faire des bilans sont-elles le signe avant-coureur de sa fin prochaine ? Cette pensée l'apaise. Il a besoin de vide, de silence, de rien.

Il s'écarte du bord de la fenêtre, va aller faire un brin de toilette et quelques rangements. En ce moment, il lui en coûte des tâches matérielles. Il lui faut mobiliser son peu d'énergie.

Léa a raison. Les fleurs, cette année, seront pour les vivants. Le 22, il se voit bien lui apporter un rosier en pot. Une plante qui dure. Pas de ces roses en tige qui s'étiolent dès que sorties de leur cellophane. Il a toujours détesté voir mourir les fleurs coupées.

Le fleuriste du coin le conseillera. Et cette fois, pas question de rater la vatrouchka de chez Finkelsztajn.

21

Écrire, n'est-ce pas avoir le courage de tout dire ? Absolument tout ? Le plus osé, le plus scandaleux, l'indicible aussi ? Il a assez lu et rencontré d'écrivains au cours de sa carrière de libraire pour le savoir parfaitement. Écrire : dévoiler ce qu'on ignore de soi jusqu'à l'impudeur. À ce compte-là, il sait pourquoi il ne sera jamais de taille à mener son roman à terme, pourquoi il ne sera jamais un écrivain. Trop bloqué par des peurs qui l'entravent. Et le problème crucial reste son impossibilité maladive à aborder la sexualité de ses personnages.

Il a beau toujours se réfugier derrière la panoplie désuète de leurs sentiments, inventer des ellipses, forcer la note lyrique, croyant ainsi contourner l'obstacle de ses empêchements personnels afin de donner le change, il ne peut ni se duper ni duper un improbable lecteur. Le résultat sera pitoyable.

Pourtant, ce soir, des images lui viennent, des pans de phrases se construisent et s'effondrent puis s'élèvent à nouveau. Quelque chose en lui s'est mis en mouvement, comme un élan, une certitude que, pour une fois, sa raison ne parviendra pas à éradiquer l'émotion.

Il va, après des années de résistance et de mensonge, accepter que sa main transcrive l'incontrôlable.

À l'aide de la perche, Anton fit coulisser le rideau noir qui obturait l'immense verrière nord, noua son long tablier de peintre maculé de taches. La lumière de la baie nimba la jeune fille craintive. C'était une étudiante repérée à la sortie de l'Alliance française. Son meilleur filon de Scandinaves.

Ce corps de jeune infante, offert et retenu, l'avait ému plus qu'il ne voulait. D'une main enfantine, elle essayait de couvrir deux seins minuscules, de l'autre en coquille, elle cachait son sexe glabre. Il ne fit rien pour la rassurer, se rappelant que cette Siegrid ne parlait pas un mot de français. Il fallait qu'il la tînt à distance, qu'elle restât un objet d'observation anonyme, éphémère. Il se vantait toujours de n'éprouver aucun émoi à la vue des modèles qui posaient pour lui à l'atelier. Supports à fantasmes, matière picturale, son corps restait absent de tout désir à les observer. Et si parfois, avec certaines, la relation était allée plus loin, cela avait été sans séduction, sans conséquences aucunes.

Siegrid avait fini par tourner son regard vers lui.

Il rebouche son Montblanc, ferme le volumineux dossier « *Anton ou la Toile vierge* (titre provisoire) » après avoir vérifié la pagination des derniers feuillets. Resserre la sangle que mord la griffe métallique.

Ce qui est écrit est écrit, se dit-il, épuisé, transpirant, et il ôte ses lunettes qui lui pèsent. À petits coups, il tapote sa pipe froide contre le cendrier pour en vider le fourneau, se met à la curer avec soin. Régine détestait ce spectacle dégoûtant. Surtout lorsqu'il faisait coulisser dans le tuyau les petits goupillons de poils multicolores qui, après leur va-et-vient, ressortaient bruns de nicotine et gluants du goudron de tabac mêlé de salive.

Il est content de ces pages et déçu à la fois. Content d'avoir remis son roman en route après une si longue interruption ; déçu d'avoir, comme toujours, passé outre la scène d'amour. Il a repoussé l'acte à plus tard, incapable d'en assumer l'écriture. Combien de temps encore échappera-t-il au problème en refusant toute réelle jouissance à son personnage ? De quoi se prive-t-il ainsi lui-même ? C'est tout lui d'avoir créé cet Anton, cet artiste soi-disant libéré qui garde malgré tout le contrôle sur ses pulsions !

Autobiographique, bien sûr. Il s'applique sans ménagement ce dur verdict. S'est-il jamais épargné aucune cruauté ?

22

Mardi. Le temps est à l'orage. Il se surprend à guetter les craquements du parquet à l'étage au-dessus. Rien. Ce silence massif l'étonne. Ses nouveaux voisins feraient-ils la grasse matinée ? Seraient-ils retournés à la piscine ? Il se pose d'autant plus la question qu'il s'en veut quelque peu d'avoir abandonné l'idée d'aller nager malgré ses bonnes résolutions. Il reporte à demain.

Le deuxième bol de café fumant entre les mains, il rêvasse sans but, ses yeux parcourent distraitement les rayonnages denses et bigarrés de la bibliothèque. Son cœur se crispe toujours un peu lorsqu'il atteint la zone en haut à droite près du plafond, le long de la cornière en stuc ornée de deux chérubins joufflus : le domaine réservé de Régine.

Il sait bien, et pour cause, que le choix des livres est personnel. À tel point que, parfois, on se sent indiscret de découvrir à la dérobée la bibliothèque d'un lecteur. C'est comme une violation, une effraction de l'intimité, un portrait chinois.

Il en va ainsi pour les livres de Régine. Un mélange bien à elle de romans cultes, d'essais psychanalytiques, d'études historiques et de témoignages sur la Shoah, de vieux albums jeunesse.

Au fil des années et des anniversaires s'étaient retrouvés là tous ses compagnons de route : Colette, Tchekhov, Modiano, Primo Levi, Gary / Ajar, Perec... S'y côtoyaient également des correspondances, genre qu'elle appréciait particulièrement, et des journaux d'écrivains avec lesquels elle entretenait une étroite connivence, celui de Kafka, celui de Jules Renard, ceux d'Anaïs Nin et de Virginia Woolf. Elle les convoquait à tout propos, tels de vivants familiers partageant son quotidien.

Jamais, depuis la mort de sa femme, il ne s'est autorisé à ouvrir un des ouvrages lui ayant appartenu. Comme s'il craignait de voir s'en échapper d'embarrassantes reliques, de secrètes réminiscences d'un passé qui doit lui rester ignoré.

Régine faisait souvent sécher des pétales et des feuilles entre les pages des livres qu'elle était en train de lire. Elle aimait ensuite les découvrir, souvenirs fanés évocateurs de lieux précis, d'instants précieux dont ils venaient témoigner. Cela pouvait être un simple ticket de métro glissé en marque-page. La teinte, l'oblitération, les perforations la renvoyaient avec force à une époque révolue et à une destination parfois lointaine. Cela l'enchantait.

Ce coin de bibliothèque – à la différence du reste –, elle en disposait seule, de façon tacite ; c'était son périmètre privé, son jardin secret. Son « Jardin des Lettres », disait-elle. Elle avait même suggéré qu'il aurait pu donner ce nom à sa librairie. Jardin des Lettres ? Trop pédant, avait-il jugé. Elle n'avait pas compris pourquoi, avait tenté de développer l'argument du rapport étroit entre nature et culture. Il n'avait pas été convaincu et avait préféré s'en tenir à son jeu de mots sur libellule, de libelle – petit livre –, qu'il venait d'exhumer d'un dictionnaire étymologique. D'ailleurs, l'enseigne et l'image du logo s'imposaient. D'après lui, c'était un bon atout commercial.

De grosses gouttes de pluie martèlent le rebord en zinc des fenêtres du salon. Il fermera plus tard, si cela commence à mouiller le parquet. L'air irrespirable vibre de chaleur, saturé des cris des marchands à la sauvette qui se hâtent de liquider leur stock pour éviter de tout remballer. Le ciel gris métallique menace de s'abattre.

Dans la famille, il n'y a vraiment jamais eu que lui pour apprécier l'orage et son cortège de tonnerre et d'éclairs. Régine et les enfants, eux, n'en menaient pas large. Pourtant, il aurait pu facilement s'expliquer le contraire, ressentir une peur panique liée au traumatisme des bombardements. Mais non. Il n'en était rien. Pas le moindre écho de terreur. Plutôt même un surprenant réconfort à voir exploser ce phénomène naturel.

Chaque fois, au paroxysme du fracas, une puissante émotion jaillissait du plus loin de sa mémoire : le souvenir doux-amer des alertes, qu'il passait enfoui entre les bras voluptueux et protecteurs de sa mère, contre sa poitrine moelleuse à la palpitation affolée et son châle de laine qui laissait longtemps après sa joue d'enfant marquée de curieux hiéroglyphes. Puis c'était la remontée chancelante du fond des caves de l'hospice Saint-Michel, le retour à la vie après des moments d'irréalité.

Pour ce qui était de Régine, les rares fois où ils avaient eu l'occasion d'évoquer cette période sombre de la guerre, que ce fût avant leur mariage ou des années plus tard, elle n'avait cessé de lui opposer son manque de souvenirs quasi total : « J'avais deux ans de moins que toi et Étienne, se défendait-elle. Ça fait toute la différence ! » Il avait fini par trouver ce déni suspect.

En effet, tout le monde savait pertinemment qu'Étienne et elle avaient été confiés en 42 par leurs parents à des fermiers de confiance dans le village de Nolléval. Le pire était à venir.

À la Libération, les petits Epstein avaient enduré

de longs mois d'incertitude, le temps que les noms de Nathan et Léa soient miraculeusement répertoriés sur la liste des survivants. Le temps qu'ils soient rapatriés à l'Hôtel Lutetia. Mais les retrouvailles n'avaient pu avoir lieu avant de longs mois : l'effroyable état de santé dans lequel ils se trouvaient avait exigé une hospitalisation suivie d'un séjour en sanatorium.

Ce qui était resté flagrant et inchangé à travers toutes ces années de vie commune, c'était qu'au moindre orage Régine perdait ses moyens de façon spectaculaire, tremblait à en claquer des dents, au bord de la crise de nerfs, comme une toute petite fille. Aurélien et Flora assistaient, terriblement apeurés et impuissants, à la débâcle maternelle.

Alors, en père de famille héroïque, lui s'évertuait à sauver la situation, jouait les valeureux capitaines de caravelle bravant les tempêtes. Mais ses pitreries sonnaient faux ; elles n'avaient fait effet qu'un temps. Et les enfants grandissants l'avaient contraint à ranger sa piètre panoplie de fantoche.

Les grondements orageux s'éloignent vers le dôme du Panthéon. Le feuillage humide des arbres de la rue embaume. Il va négligemment rincer son bol, range le pot de café, se roule une cigarette. Il se plaît à traîner.

De toute évidence, on est entré dans le plein été. Les coups de fil se raréfient, le courrier postal et électronique aussi. L'immeuble semble déserté, comme il l'attendait. Il se sent en paix dans ce no man's land. Plus encore depuis ce matin, car il repense, non sans une certaine satisfaction, à ses deux feuillets écrits la nuit dernière.

Cesserait-il d'être modeste ? Se mettrait-il à croire à son écriture ?

Subitement, il n'a plus qu'une envie, rouvrir son dossier et relire. Mais il hésite par crainte d'être déçu.

Et pourtant, c'est bien la première fois depuis longtemps qu'il se sent comme aspiré vers l'avant, emporté par un souffle d'allégresse non dénué d'espoir.

23

Que recherchait-il donc à la pointe de ce sein en bouton ? Quel souvenir, quelle sensation d'un éden perdu ? Une saveur de lait et de fleur d'oranger lui monta aux lèvres. Il n'en connaissait pas l'origine. Sur le chevalet, la toile badigeonnée à la caséine avait séché depuis le matin. Elle appelait le trait.

Anton actionna la manivelle du chevalet afin de faire descendre la toile. Il fallait qu'il accédât avec aisance à l'aréole parme du sein. Cette simple retouche prenait pour lui la force d'une obsession.

D'un geste, il demanda à la fille de s'incliner de profil. Un sein menu, nacré, en profita pour s'échapper de la main trop étroite qui voulait l'englober. Troublé, Anton, campé sur ses jambes, attaqua la surface comme pour la lacérer. D'heure en heure, il sculpta du bout du pinceau l'onctueuse pâte de sa palette. Puis, par petites touches, ce corps à peine éclos dont les efflorescences le bouleversaient. Le pinceau ferme, il prit appui sur la longue baguette de bois verni calée contre le châssis. Il retenait sa respiration.

Enfin, il avait déposé une goutte de carmin sur le téton qui, soudain gonflé, s'était épanoui.

Le nu tout entier s'était mis à palpiter sur la toile.

Que comprendre au naturel et à la fluidité avec lesquels ces lignes viennent de s'imposer à lui ? Il y reconnaît vaguement des thèmes qui lui ressemblent, essentiels, vitaux même. Son texte est un miroir voilé. Qu'il le reste !

La journée est passée sans qu'il s'en rende compte. Même pas songé à sortir. Quelques cafés noirs, un avocat bien mûr comme il les aime et des cerises lui ont suffi, et puis deux trois cuillérées de la confiture de framboises parfumée de la petite Wanda. Il pense « petite Wanda » et s'aperçoit que le « petite » est plus tendre que descriptif.

Dehors, le soleil commence à raser les toits imbriqués, et c'est l'heure animée de l'apéritif aux terrasses estivales. Il ne fera pas nuit avant longtemps, heure d'été oblige.

Il se sent moulu comme après un effort physique. Les jambes, les bras et le dos engourdis. Et sa chemise en jean jetée en boule au pied de son bureau est bonne à mettre à laver, tant il a transpiré. Il a pourtant fait l'achat d'un ventilateur, l'année de la canicule. Acquis à l'arraché dans une véritable émeute au rayon électroménager du

BHV. Il a dû le reléguer à la cave. Si jamais son roman continuait ainsi, il lui serait utile. On étouffe dans cette pièce.

Vers quatre heures, pendant qu'il était plongé dans ses corrections, Flora a laissé un message, annonçant qu'elle venait de prendre des billets pour Barcelone. Elle part demain avec une amie. Elle semble avoir complètement oublié l'anniversaire de la mort de sa mère. Ou alors elle préfère l'éviter. Pour une fois, il s'en fiche. Cette année, il ne va pas chercher à le lui rappeler, ni à la « culpabiliser », selon le jargon psy qu'elle affectionne – malgré toutes les précautions qu'il prend, elle vit toujours en écorchée la moindre de ses remarques.

Il se sent capable de supporter tout seul ce pénible anniversaire. Cela le satisfait. Il se fera juste le plaisir d'aller voir Léa, bien sûr. Dans deux jours, déjà.

Il se réjouit d'imaginer Léa s'illuminant lorsqu'il lui apparaîtra en bas du perron. On l'aura installée à l'ombre de la véranda et elle ne prendra conscience de sa présence qu'au tout dernier instant, comme d'habitude, une fois la troisième marche enjambée. Il brandira le pot de fleurs et le carton enrubanné des pâtisseries d'une main, et de l'autre, comme toujours, son casque en corbeille, tenu par la mentonnière.

Un jour, le voyant surgir ainsi, Léa ne s'était pas gênée

pour le traiter de « vieux Chaperon rouge rendant visite à sa mère-grand ». Mais qui était le loup ? Ils en avaient bien ri. Puis Léa avait déclaré, mi-figue mi-raisin, qu'en dépit des apparences trompeuses elle n'était pas encore tout à fait morte : « Mon p'tit, le jour où je ne réussirai plus à vous faire rire, je serai bonne à euthanasier ! Chez les juifs, l'humour meurt toujours le dernier. Je ne sais plus qui a dit ça… » Cette boutade l'avait interloqué : se pouvait-il que l'ultime mission que se donnait Léa fût désormais de le faire rire ? Avait-il bien compris ? Il n'avait pas voulu trop y penser de crainte de s'embarquer dans il ne savait quels méandres obscurs d'affection et de devoirs mêlés. Toujours aussi méfiant des pièges d'enfance, des pièges du cœur.

Prendre une douche, se trouver quelque chose à manger. Ensuite, il téléphonera à Flora pour lui souhaiter bon voyage. Barcelone, il n'y est jamais allé. Toutes ces villes et tous ces pays qu'il mourra sans avoir connus… Pourtant, l'envie ne lui en a pas toujours manqué. La destination de Barcelone l'a même beaucoup tenté. Il s'en souvient, c'était après avoir vu le film *L'Auberge espagnole* à l'Escurial avec Bénabou. Drôle de soirée !

Ça leur avait donné un coup de jeune, suivi – par l'effet de deux bières – d'un sacré coup de vieux. Retour de bâton immédiat. Leur vie d'étudiant était si loin !…

Même celle de Ben, son cadet de dix ans, venu faire sa médecine en France dans les années soixante.

À l'hypothèse saugrenue, mais classique, de revivre une nouvelle fois leur vie, ils étaient tombés d'accord : ni l'un ni l'autre, malgré leur nostalgie de ces temps de jeunesse, ne souhaitaient réellement faire marche arrière. Pourtant, il fallait l'admettre : à leur âge, si le meilleur n'était pas derrière eux, il n'était certainement pas à venir…

Bénabou, qui avait toujours, au dernier verre de boukha et en fin de soirée, une vague tristesse métaphysique, avait conclu que c'était la vie elle-même qui était une auberge espagnole. Et qu'ils n'y avaient trouvé que ce qu'ils avaient apporté. De quoi se plaindre ? Qui accuser ?

Ils s'étaient quittés l'âme barbouillée au carrefour, boulevard de l'Hôpital. Le cadran de l'horloge à l'angle marquait une heure du matin en chiffres romains et les garçons de café du Canon des Gobelins s'affairaient pour la fermeture.

24

21 juillet

Flora est partie. J'ai l'impression d'avoir enfin le champ libre. N'est-ce pas bizarre de se sentir ainsi contraint, voire surveillé, par sa propre fille ? Il me semble parfois que lorsqu'elle demande à me voir elle est au bord d'une révélation, sans y parvenir. Un peu comme lorsqu'elle revenait de l'école avec une mauvaise note ou un carnet à faire signer et qu'elle me tournait autour, embarrassée, attendant le bon moment, le bon angle d'attaque pour m'affronter.

Il aspire une bouffée de tabac et part, comme sa fumée, dans des volutes trop imprécises, trop fugaces pour être consignées. D'ailleurs, c'est la raison pour laquelle il juge, depuis bien longtemps, ce journal dérisoire. Tissé de faux-fuyants, c'est un alibi malhonnête, car c'est exclusivement à l'écriture de son roman qu'il devrait se consacrer, mais il a encore peur. Il le fuit, repousse dès le matin le moment de s'y confronter.

C'est vrai qu'il explosait pour un rien, du temps des enfants. Toujours à cheval sur des principes perfectionnistes qu'il était de son devoir de transmettre à sa progéniture. Il repense à ce qu'ont pu être les résultats de son acharnement éducatif méthodique sur Aurélien et Flora. Comment savoir avec certitude ? Il lui reste pour toute indication les reproches récurrents, parfois drolatiques parfois incisifs, de sa fille, et le souvenir des procès tardifs que Régine et lui avaient essuyés de-ci de-là jusqu'à ce qu'elle entre dans la vie professionnelle, qu'elle décroche son poste de documentaliste à *France-Soir*. Adulte, enfin.

Leur remise en cause, à Régine et à lui en tant que parents, avait commencé une fois les enfants partis de la maison. C'était inattendu.

Aurélien puis Flora émancipés, les règlements de comptes s'étaient mis à pleuvoir, toujours déclenchés à l'occasion de repas familiaux ou d'anniversaires qui démarraient pourtant dans une joyeuse effervescence.

Cela commençait souvent par un bon mot en apparence anodin qui fusait, une anecdote exhumée par l'un, contestée par l'autre, une taquinerie acerbe heurtant la susceptibilité de son destinataire. La machine était lancée.

Incontrôlable. Dès lors, elle ne pouvait plus que s'emballer. Le ton montait, les esprits s'échauffaient. De minute en minute, s'enflait, sourdement, sournoisement, à la vitesse d'un cyclone, une discussion qui dérapait en dispute, prenait de l'ampleur pour tout dévaster sur son passage, et les propos s'envenimaient jusqu'au bouquet final.

Ce processus était tellement rapide qu'il n'était jamais parvenu à l'enrayer. Lui, Régine et les enfants, prisonniers d'un bolide qui fonçait droit dans le mur pour s'y fracasser en famille.

Enfin, une fois la crise passée, les rancœurs, les peines et les blessures vidées, on fêtait en chœur la tatin réchauffée qui arrivait à point sous des ovations exagérées saluant le génie culinaire maternel. Façon de passer l'éponge. Puis Aurélien et Flora s'éclipsaient, à peine contrits et soulagés.

Quant à Régine et lui, une fois la porte d'entrée refermée, ils se retrouvaient hébétés, ahuris, comme sonnés sur un ring. Ils passaient de longues heures, des jours parfois, à essayer de comprendre, excuser, s'accuser.

Tout cela fait qu'aujourd'hui il n'éprouve aucune nostalgie au souvenir des « bonnes vieilles » réunions familiales d'antan, des réveillons sinistres à Rouen, des festivités obligées qu'il fallait répartir équitablement sous peine d'encourir de sérieuses représailles, surtout du côté de sa famille à lui.

Il avait même fini par suspecter ses parents d'antisémitisme, à l'occasion de Noël ou de Hanoukka, lorsque les dates avaient le malheur de se chevaucher. Hypothèse difficile à avaler. Ne s'agissait-il pas plutôt de jalousie, d'une peur d'être relégués, reniés dans leur rôle de grands-parents ? Son père s'était montré intraitable lorsque Aurélien était né, comme s'il avait voulu se l'approprier pour racheter sa paternité défectueuse. Tout avait commencé avec la circoncision, mal comprise, mal tolérée, taxée de coutume barbare et qui pourtant avait été réduite au minimum chirurgical du rite religieux. Plus tard, les récriminations incessantes avaient continué, provoquant une rivalité malsaine entre les familles.

Maintenant que la mort a généreusement décimé tout ce beau monde, il ressent une sincère délectation à vivre à contre-courant de tous les us et coutumes, à refuser le moindre compromis. Fini les conventions absurdes qu'imposent la société et ses rituels factices commerciaux ou pseudo-religieux ; elles n'ont plus prise sur lui.

Bien sûr, cela ne va pas sans quelques accès de cafard au moment crucial des douze coups de minuit, lorsque la fête est censée battre son plein, là-bas, chez les autres ; lorsque les cadeaux dégringolent dans les souliers de l'enfance, que retentissent les « Happy Birthday ! », que sont soufflées les traditionnelles petites bougies torsadées.

Mais quoi de plus normal que de payer sa liberté du prix de la solitude ?

Il pense à cette date empoisonnée du 22 : demain. En ce moment, tous les jours se ressemblent en apparence, et pourtant il y perçoit de très nettes aspérités : la larme de Léa, l'épisode de la nouvelle voisine, la reprise de son roman… Il se demande même s'il n'y aurait pas entre ces éléments des rapports curieux de cause à effet. Mais cela nécessiterait une analyse extrêmement poussée, un effort de reconstitution chronologique qu'il n'a pas envie de fournir. Aucune envie de considérer sa vie comme un roman.

Il saisit son stylo, griffonne quelques phrases dans son journal, se fait la réflexion que cette journée vide ne sera sans doute qu'une quelconque transition avant la date « fatidique ». Il tète sa pipe éteinte. Elle émet des glouglous rassurants.

Le soleil tape et pénètre jusqu'au centre du salon, au ras des franges du tapis turc élimé. Après tout, quelques longueurs de piscine ne lui feraient peut-être pas de mal. Ensuite, il ferait des achats avant de remonter. Il pourrait même passer chez le fleuriste pour acheter le petit rosier blanc. Il le veut blanc. Il ignore pourquoi. Blanc comme l'est pour lui le prénom de Léa.

En guise de paraphe final, son stylo vient de tracer presque au hasard une sorte d'accolade bleu marine. Tout en pleins et en déliés. Une forme libre, ample et souple, telle une mouette en vol.

Bien sûr, une mouette ! Sa mouette ! Sa Léa fragile et frissonnante. Sa Léa aimée.

25

Il gare sa moto sur le trottoir étroit devant la pâtisserie. Des touristes volubiles le frôlent, commentant admiratifs le carénage vermillon de sa Ducati. Il reconnaît de l'hébreu.

C'est fou ce que ce quartier a été défiguré. Ce n'est plus du tout le Saint-Paul qu'aimait lui faire arpenter Étienne du temps de leurs études, le « shtetl », comme il disait, du nom des bourgades juives d'Europe de l'Est. Un charme d'autrefois agissait sur lui, et il l'avait mieux compris quand Régine l'avait initié à la peinture de Chagall et qu'ensuite il avait plongé dans les romans d'Isaac Bashevis Singer.

Il constate que le salon de coiffure à devanture bleue écaillée a disparu après avoir longtemps résisté aux assauts des promoteurs. Le vieux couple de juifs polonais a sans doute fini par capituler ou mourir. À présent, une palissade couverte d'affiches masque un chantier de gravats, premier jalon d'un juteux investissement immobilier à venir.

Terminé le village de Pologne. Terminé les tonneaux de bois pleins de rollmops et de concombres salés devant les épiceries kasher. Fini les palabres en yiddish au coin de la rue Pavée. Rue du Roi-de-Sicile, entre deux boutiques branchées de créateurs de mode, une pauvresse édentée en fichu noir tend la main, assise sur un pliant. De petits fast-foods sans caractère proposent leurs falafels. L'univers ashkénaze des Epstein s'est effacé pour laisser place à celui, plus vivace, des Séfarades plus tard venus. Le Pletzl, minuscule vestige d'avant guerre, est un monde définitivement englouti.

Il ne s'est jamais expliqué pourquoi il s'est à ce point entiché, tout jeune, d'une autre culture que la sienne. D'abord une sorte d'attachement très fort à Étienne, puis une affection indéfectible pour les Epstein et, par-delà cette famille d'adoption, une fidélité à ses serments de garçon sorti des bombardements : il s'était juré de ne jamais oublier Lizzie et sa sœur. La guerre de 39-45 restait à ses yeux la pire des saloperies humaines, et il n'aurait pas assez de sa vie pour la dénoncer, ni de cesse de la combattre par tous les moyens qu'il pourrait mettre en œuvre en tant qu'adulte.

C'était à l'origine de son amitié avec le généraliste du quartier, Martial Bénabou, surnommé Ben. Un jour, ce dernier lui avait demandé, abrupt, quelles étaient ses intentions de libraire à réserver une telle place à la thématique juive – en effet, à la Lib'ellule, une table était consacrée en permanence aux parutions concernant la Seconde Guerre mondiale, le judaïsme, l'antisémitisme : essais historiques, témoignages, revues ou romans, parfois même des BD et aussi des livres pour enfants. Il avait répondu sans détour qu'il en allait de son engagement personnel, qu'il considérait que sa tâche de libraire exigeait cette information pour que jamais la honte des crimes nazis et de la collaboration française ne soit oubliée. Une mission de première importance et malheureusement sans cesse d'actualité. Les livres pouvaient encore sauver les morts de l'oubli.

Leur amitié était née.

Le rosier blanc miniature et la boîte de gâteaux bouclés dans son top-case, il ne lui reste plus qu'à sortir de Paris au plus vite. La chaleur pourrait endommager ses présents. Très vite, il s'engage dans la rue des Archives, traverse le carrefour de l'Hôtel-de-Ville où tournoie un magnifique manège 1900, et, prenant au plus court, va rejoindre le périphérique.

En ce jour de semaine, la circulation sur les quais

est relativement fluide. Si tout va bien, il sera arrivé au lever de sieste de Léa.

Il a besoin de la prendre dans ses bras.

26

– Vous savez, mon p'tit, on va faire quelque chose de formidable : on va parler de n'importe qui, de n'importe quoi, mais pas de Régine. Je ne veux ni pleurnicher devant vous, ni vous obliger à me consoler, et encore moins vous récupérer à la petite cuillère quand vous vous effondrerez. Depuis le temps, vous avez dû remarquer que je ne suis pas une bonne mère juive… ça m'a toujours étonnée… Votre mère à vous, par contre, avait des dispositions…

– Laissons tomber ma mère, Léa… c'est un sujet trop compliqué, même pour le bonhomme que je suis devenu. D'ailleurs, mère juive ou pas, vous êtes ma belle mère préférée. Moi, ça me suffit, et ça va continuer à me suffire !

– En êtes-vous vraiment sûr ?…

Elle rajuste de sa main osseuse le camée ovale qui ferme son écharpe de soie vert amande, semble suspendue à une phrase qu'elle aurait sciemment interrompue.

– Sûr de quoi ? Que voulez-vous dire ?

– Rien, rien… ne faites pas attention aux propos gâteux de votre pauvre Léa. Je dis n'importe quoi. On ne peut plus me le reprocher à mon âge : j'ai dépassé la date de péremption.

– Arrêtez ! Je déteste quand vous jouez les vieilles. On dirait… vous savez, la Winnie dans *Oh les beaux jours* de Beckett. Il n'est pas encore temps de vous enterrer vive.

– Au fait, à propos d'enterrement, c'est vraiment gentil d'être venu aujourd'hui. Vous êtes passé par le cimetière Montparnasse, avant de prendre la route ?

– Même pas. Je vous ai obéi au doigt et à l'œil, figurez-vous : pas de cimetière cette fois-ci. Direction Rouen pour vous voir, et les fleurs cette année sont pour vous. Roseraie, rosier, rue des Rosiers : je trouve que mon imagination bégaie. Ça doit cacher quelques épines… Enfin… j'ai suivi vos instructions et je suis content d'être là.

Léa le dévisage, esquisse un sourire triomphant. De toute évidence, elle se sent bien aussi en sa compagnie, dans ce grand salon rococo. Circule entre eux une complicité qui ne s'est jamais démentie, empreinte de gravité sous des dehors faussement enjoués. C'est un moment de paix où chacun respire l'autre. Frisson étrange et délicieux de la proximité. Deux âmes se frôlent et les corps pesants s'abstraient.

Pourtant, quelque chose laisse présager que cet état de grâce est déjà en train de refluer, vague insaisissable. Tenter de le prolonger serait factice, en pure perte. Il se souvient des bulles de savon de son enfance : c'était toujours à l'apogée de leur perfection irisée qu'elles se mettaient à tournoyer, puis éclataient en mille gouttelettes dérisoires. Il en va de même pour cette pause silencieuse sur le point d'exploser en mots, marquant ainsi l'inévitable retour au plancher des vaches.

Et s'il en allait autrement ? Si, d'un geste, d'un cri, d'une phrase, tout basculait ? Si, se laissant entraîner par une véritable folie trop longtemps retenue, il rompait la digue ? Que cela puisse provenir de Léa, il n'y a jamais songé. Il n'a jamais songé qu'elle pût avoir quelque confidence ou révélation intempestive à faire. Non. C'est de lui qu'il s'agit. Du poids écrasant de son secret, de cet aveu que, jusqu'à ce jour, il n'a pas eu le cran de libérer.

Il en repousse l'éventualité, lâchement, une fois de plus. De quel droit jeter sa mesquine vérité à la face de cette vieille mère orpheline d'enfants ? Il bute sur le mot « orpheline », constate le vide linguistique : aucun terme pour désigner la condition du parent survivant à son enfant mort. Mais ne s'agit-il pas d'une situation absolument aberrante et contre nature ?

Léa toussote et sort de sa manche un petit kleenex froissé en boule dont elle tamponne les commissures de sa bouche. Son rouge à lèvres mal appliqué lui donne l'air d'une petite fille qui aurait dérobé le maquillage de sa mère. À cette vue, le souvenir gênant d'avoir puni Flora à outrance pour un semblable méfait lui revient. Elle avait six ou sept ans. Il l'avait surprise, deux oranges coincées dans son T-shirt alors qu'elle s'exhibait devant l'armoire à glace, la bouche en cul de poule barbouillée de « rouze » pour tester son potentiel de séduction, et soudain quelque chose de vulgaire, de sale, d'insupportable, avait violenté son regard de père. Il n'avait pas su quoi. Il s'était montré excessif, injuste. À présent, c'est le mot « putain » qui lui vient. Cru. Inavouable. La bouche, le sexe… bien sûr… comment n'a-t-il pas perçu avant cette symétrie ? Flora, devenue grande, n'a jamais arboré la moindre trace de maquillage.

– On peut savoir ce qui vous arrive, monsieur le rêvasseur ?

– Ce qui *nous* arrive, Léa.

– Que dites-vous ?

– Je dis : « ce qui *nous* arrive ».

– Mais à moi, rien du tout, voyons ! Que voulez-vous dire ?…

Elle propose avec trop d'empressement d'attaquer le gâteau :

– Il fait très chaud, il risque de tourner, et puis j'ai un petit creux, pas vous ? Je mange toutes les trois heures, maintenant, comme les nourrissons !

Il a admiré la subtile pirouette, l'esquive imparable. Léa, lorsqu'elle ne monte pas au créneau, sait louvoyer comme personne.

À quoi bon l'en empêcher ?

Il est parti demander deux petites cuillères aux dames de service. La dégustation a lieu à même le napperon en dentelle de papier, dans le carton du pâtissier. Ils entament d'abord le vaporeux gâteau au fromage blanc, puis dégustent le strudel aux pommes et aux noix, parfumé à la cannelle. Léa se délecte, les yeux mi-clos. C'est fou ce qu'elle est devenue gourmande depuis son arrivée à la Roseraie. Le sucre semble une douce compensation au sentiment d'abandon… Elle se pourlèche, telle une enfant. On la dirait ailleurs, envahie par de très anciens souvenirs gustatifs.

Une fois les dernières miettes recueillies du bout tremblotant de la cuillère, elle se redresse, agrippant les accoudoirs en skaï de ses mains nerveuses. Il veut l'aider, elle refuse. Qu'il aille plutôt jeter la boîte et rendre les petites cuillères.

À son retour, un long silence s'installe. Elle le brise net :

– C'est à Venise que j'aurais aimé que vous m'emmeniez… Oui, vous savez, votre proposition de l'autre fois…

sur votre destrier… Ne faites pas cette tête ! Venise… c'est fini, c'est comme Capri : je n'irai jamais. Jamais, vous entendez ? C'est terrible, les « jamais », ça sent déjà la mort… Eh bien, pourquoi me dévisagez-vous avec ces yeux de chien battu ? J'ai dit quelque chose d'indécent ? Je vous ai fait de la peine ? Allez, c'était pour rire…

Il reste stupéfait. Incapable de répondre. Elle a posé sa main fraîche sur son poignet, ajoute dans un murmure :

– Pour vous, surtout n'attendez pas qu'il soit trop tard, vous m'entendez ? Il vous reste encore beaucoup à vivre. On ne sait quoi ni comment, mais beaucoup. J'en suis sûre.

Lorsque Léa parle, elle énonce parfois des décrets avec l'autorité d'une pythie. Il aime ça, accepte ce viatique, ce ton de solennité derrière la gouaille. Il en a la gorge nouée, cherche une idée pour donner le change :

– Vous savez, Léa, j'ai repris l'écriture de mon roman. Vous vous rappelez… l'histoire du peintre. J'avance.

– Pas trop tôt ! Je vous conseille de ne plus lambiner si vous tenez à ce que je le lise un jour. Je ne compte pas jouer les prolongations, figurez-vous…

– Impossible ! Ce bouquin vous sera dédié. Vous devez attendre que je le termine. Débrouillez-vous, Léa !

– Je ne vous promets rien, mais, pour vous, je tâcherai de faire le maximum. Parce que c'est vous.

Une brise tiède gonfle le voile des rideaux. Le silence entre eux se charge comme toujours d'un sens mystérieux que ni lui ni elle n'ont jamais décrypté. Ils ont appris à y mettre fin lorsque la tension devient irrespirable.

– Vous souvenez-vous de vos dissertations, l'année du bachot ? Je ne vous ai jamais lâché quand vous veniez me demander de l'aide, hein ? Quelle équipe nous formions ! Cette nuit, j'y repensais justement, à un de ces sujets de philo… vous avez sans doute oublié, vous, bien sûr… « Toute vérité est-elle bonne à dire ? » Ça vous rappelle quelque chose ? Qu'est-ce qu'il nous a donné du fil à retordre, ce sujet ! On s'en était tiré de justesse, je crois.

– Oui, Léa. C'est si loin… On avait décroché la moyenne sans trop se mouiller : thèse, antithèse, synthèse. Une argumentation de lâches… Nous n'étions pas d'accord du tout, vous et moi. Comment pouvez-vous donc vous souvenir de cela ?

– Et vous ?

Léa soudain semble murée, sourde, hors d'atteinte. Il se lève, nerveux : tâte ses poches d'un geste machinal à la recherche de sa blague à tabac, contourne son fauteuil, le piano, puis se ressaisit et vient se rasseoir.

Il ne s'explique pas ce souvenir si précis chez Léa,

cette acuité surprenante pour un fait insignifiant vieux de plus de cinquante ans. Elle l'a exhumé comme on fait d'un trésor enfoui. Consciente de l'effet produit. Cela le met mal à l'aise.

Car lui aussi se souvient. De tout. Éperdument. Et lui, il sait pourquoi. Son amour pour Léa en est l'unique cause. Chaque geste, chaque parole, chaque regard d'elle s'est gravé en lui depuis le premier soir, le soir des devoirs apportés à Étienne, l'hiver de ses seize ans. Il reste épouvanté d'une vérité qu'il n'osait jusque-là entrevoir.

Du coup, lui revient à son tour en mémoire un autre sujet de philo : « L'enfer est pavé de bonnes intentions. Dissertez. » Comme d'habitude, il était venu chercher secours auprès d'elle. Elle avait toujours eu une prédilection pour la philosophie et la littérature. Étienne avait choisi une section scientifique et elle ne se cachait pas pour le déplorer. Alors…

Il faisait lourd, ce mois de juin-là. C'était sous le pommier à cidre, dans le jardinet des Epstein. Quand Étienne l'avait conduit derrière la maison, Léa l'avait accueilli avec empressement. Il la voit encore remonter ses cheveux vaporeux en chignon, y piquer des épingles neige. Cette vision l'avait troublé comme s'il faisait effraction dans son intimité. Il l'avait observée, serrant entre ses dents une de ces épingles noires métalliques, les bras relevés en corbeille. Et lui, admirateur, dans la contemplation de ce tableau parfait, était resté fasciné, silencieux, le regard happé par la blancheur du cou, la nacre de l'oreille et les mèches rebelles. Il avait même coulé un regard dans l'échancrure de la robe de cotonnade à motifs cerise. L'ombre brune des aisselles l'avait profondément perturbé le reste de l'après-midi. Il avait les mains moites et peur de rougir.

En ce temps de son adolescence, il se sentait indigne d'exister et honteux d'aimer. L'enfer, pour lui, ne faisait aucun doute ; il ne pouvait être pavé que de mauvaises intentions : les siennes. À chaque instant, surtout en présence des Epstein, il tremblait de crainte que la laideur de son âme ne fût démasquée. Il s'était énervé bêtement.

« On n'est pas sérieux quand a dix-sept ans... » l'avait nargué Léa. Et il y avait entendu comme une mise en garde. Puis ils avaient si violemment débattu à propos de la conclusion du devoir qu'Étienne, exaspéré, bûchant sur un problème de logarithmes à l'autre bout du banc, les avait sèchement coupés d'un ironique : « Vous n'en avez pas marre de vos chamailleries d'amoureux ? »

L'atmosphère s'était soudain figée, suspendue à leur souffle court. Menaçante. Il avait récupéré en vitesse ses brouillons éparpillés sur la table de jardin, non sans remarquer le visage empourpré de Léa qu'il avait interprété comme un signe de colère. Il devait filer... une course oubliée... sa mère attendait...

Il avait longtemps regretté de ne pas avoir eu le cran de voler au passage, sur la table de jardin, l'une des précieuses épingles neige de Léa qu'il convoitait depuis le début de l'après-midi.

– Comment pouvez-vous vous souvenir de cela, ma Léa, c'est impossible ! C'est si vieux, si dérisoire…

Il remarque la subite émotion de la vieille dame : une légère rougeur aux pommettes et une pulsation accélérée de la veine bleue Danube le long de sa tempe.

– Les prodiges de la mémoire, mon p'tit ! Le passé reste frais, le présent fuit. Privilège de l'âge !

Elle esquisse un sourire forcé, au bord des larmes.

Il s'empresse de lui rajuster maladroitement le châle qui a glissé de la maigre épaule, recueille au creux de ses mains les deux mains torses un peu tremblantes, tente de déchiffrer ce visage éperdu qui s'est tourné vers lui dans une sorte de prière muette.

Alors, comme on s'élance par une fenêtre pour échapper aux flammes, il s'entend prononcer, épouvanté, ces mots définitifs qu'il regrette déjà :

– Je vous aime, Léa. Je vous ai toujours aimée.

Pauvre mouette visée en plein vol, touchée au front, retombant en vrille, ensanglantée. Léa accuse le coup. Elle se détourne de lui, ferme fort les yeux, serre les mâchoires. Cette révélation paraît l'anéantir. Déclencher sa fureur aurait été peu de chose. Une fois de plus, il se sent prédateur, meurtrier, porteur de malédiction, tueur de ce qu'il aime. Il se hait.

Pourquoi cet irrésistible besoin de jeter à la tête de Léa un amour de jeunesse, l'amour de sa vie, alors qu'il est trop tard, alors que tout est révolu ?

L'air est devenu compact. Léa continue à détourner la tête. Puis elle le dévisage avec une gravité impassible :

– Moi aussi, mon p'tit.

– Vous aussi quoi, Léa ? Que dites-vous ?

– Vous avez très bien compris. C'est moi qui suis sourde comme un pot, je vous rappelle. Voilà… je vais vous le dire… puisqu'il le faut… puisque vous avez commencé… et puis après promettez-moi qu'on n'en reparlera plus, plus jamais. Promettez !

Elle n'attend pas sa réponse. Elle a les paupières crispées comme pour étouffer une intolérable douleur.

– Moi aussi… moi aussi, Pierre… Pierre, mon p'tit. Ne me regardez pas… je vous en prie. C'est difficile… mais puisque vous… puisque c'est la fin… Je l'ai toujours su, vous savez, pour vous. Depuis le début. Moi aussi. Si vous saviez… Tant d'années atroces. Moi aussi je vous ai aimé, je vous aime, je vous ai tellement aimé, mon Pierre… votre nom chéri… Voilà. C'est fini maintenant. Vous devez partir. Tout de suite. Partez. Faites ça pour moi. Ne dites plus rien. Ne me regardez pas. Allez demander qu'on me remonte immédiatement dans ma chambre. Partez, soyez gentil. Laissez-moi, mon p'tit. Il ne faut plus revenir.

Elle l'a dit dans un souffle à peine audible, comme une supplication. Sa voix nue le tutoie, lui ordonne de la quitter mais lui crie « reste ». Oui, « reste », pas « restez ».

Elle a caché son visage dans ses mains pâles, tordues, délestées de leurs bagues au fil des ans.

Pour la première fois, elle lui a dit « Pierre ». Pierre. Sa bouche a embrassé son nom, formé ce premier mot d'amour si longtemps tu parce que interdit.

– Ma Léa…

Il ne sait plus rien, ne voit plus rien. Se lève en titubant, ouvre le deuxième bouton de sa chemise, se penche vers elle.

– Comme je t'ai aimé, Pierre… tellement aimé… si tu savais…

27

« Comme je t'ai aimé, Pierre… »

Il laisse le jet puissant de la douche le frapper au visage. Dur, presque brûlant, à la limite du supportable.

« Je vous aime… Partez… mon Pierre… »

Des larmes ou pas de larmes, qu'importe. En vieillissant, il s'est mis à pleurnicher pour un rien. Tout de suite l'œil humide. Ça le dégoûte, cette mièvrerie des sentiments, cette mollesse de l'esprit, ces preuves accablantes d'une sensiblerie sans réel fondement. Gâtisme. Pas de quoi pavoiser.

Le flacon-dose du shampooing-douche de l'hôtel lui glisse des doigts.

« Moi aussi, Pierre. Mon Pierre… Vous avez très bien compris. »

Il laisse ces phrases ardentes, lancinantes, l'embraser, le torturer, le dévaster. Il sait qu'elles sont définitives et sans issue, sans retour et sans espoir. Il sait qu'elles sont le seul trésor qu'il possédera désormais, qu'il attendait sans vouloir se l'avouer. Trésor mortel.

Car comment vivre après ces aveux qui ne peuvent que les anéantir l'un et l'autre ?

Ils s'aiment, ils se le sont dit. Lui. Elle aussi. Comment vivre à présent avec cet amour-là ?

« Ma Léa… »

De douloureux sanglots restent bloqués dans sa gorge. Sa pomme d'Adam s'affole pendant qu'il achève de se savonner la barbe. À quoi bon cette barbe ? Tout lui paraît ridicule. Une sorte de mascarade à laquelle il s'est adonné durant des années.

La réalité s'efface. Floue, gommée, elle s'embue comme son propre reflet dans le miroir dégoulinant de la chambre d'hôtel où il vient de trouver refuge. Étrange qu'il n'ait aucun autre point de chute dans sa ville natale. Rouen pour lui est devenue un vaste cimetière habité de fantômes. « Privilège de l'âge », dirait Léa.

Léa. Son amour sans âge.

Rien d'autre ne compte pour lui, en ce moment, que leur déclaration déchirante venue des dizaines d'années trop tard. Que ses pauvres balbutiements à lui. Que ces mots rocailleux et tendres arrachés du fond d'elle. Que leurs phrases amoureuses.

Et puis « Pierre », son prénom si longtemps tenu au secret. Chaque fois bouleversant, à peine audible. « Pierre » : lèvres jointes puis ouvertes. Baiser et soupir mêlés.

Et puis le tutoiement.

Et puis Léa, la bouche close et le regard buté. Et lui, partant comme un banni, comme un malfaiteur. Déchiré entre un bonheur fou et un remords brûlant.

Son visage ruisselle d'eau. Il tâtonne.

Pas de peignoir en éponge dans ce modeste deux-étoiles. Laisser couler les gouttes sur sa peau, le long de son corps nu. Le ventilateur achèvera de le sécher.

Il ressent peu à peu un certain bien-être à se trouver là, à l'insu du monde. Il se roule une cigarette dans la pénombre, derrière les volets clos. C'est ce qui l'a attiré, le côté penché de la façade rose à colombages. Comme une rue de son enfance.

Tout à l'heure, lorsque le centre-ville se sera dépeuplé, il sortira manger un morceau dans une brasserie aux alentours de la place Jeanne-d'Arc. Le plus tard possible. D'avoir déclenché les aveux d'une très vieille dame qu'il aurait fallu préserver absolument, il ne parvient pas à s'en sentir coupable. Sans cesse il se repasse la scène, et une sorte de joie monte, l'envahit. Au souvenir de ce moment terrible, tout en lui est ému. Cette absence de sentiment de culpabilité l'étonne, lui, le coupable-né.

Il y avait d'abord eu Lizzie. Oui, Lizzie. Vis-à-vis d'elle, petit garçon, il avait éprouvé la certitude de sa faute. La disparition de la fillette ne pouvait être que la conséquence de ses mauvaises pensées à lui, de sa perversité d'avoir tenté de l'embrasser sur la bouche derrière la cabane en planches du chantier où ils jouaient aux explorateurs. Il l'avait salie, souillée. Elle avait disparu. Déportée. Jusqu'à son amitié avec Étienne, il s'en était senti responsable.

Quant à la mort foudroyante de Régine, elle est venue se superposer à celle de Lizzie, s'ajouter à la liste de ses crimes, confirmer son rôle d'assassin, car, tout adulte qu'il soit devenu, il est tellement persuadé d'en être la cause qu'à ce jour il ne l'a confessé à personne.

« Comme je t'ai aimé, Pierre… »

Il s'allonge sur la courtepointe blanche. Se laisse gagner par un curieux sentiment d'étrangeté, revient sur des séquences de sa vie.

Tout défile sans effort. Il se sent mû par une curiosité impatiente à relire les chapitres de sa vie à la lumière éblouissante de la déclaration de Léa. Comment n'a-t-il jamais deviné ? Trop occupé à masquer son propre amour. Trop convaincu de sa médiocrité.

L'intense sympathie pour Étienne, la douceur de sa relation avec Régine qui s'était jetée à son cou et qu'il croyait capable d'éradiquer sa monstrueuse passion. Puis, très vite, trop vite, ce mariage. Une sorte de tendresse pour la toute jeune fille qui l'apaiserait à coup sûr, qui le sauverait de ses fantasmes immondes, réglerait à son insu ses problèmes de fils et de jeune homme à la sexualité balbutiante et le lierait à tout jamais, en frère, à Étienne, aux Epstein.

Sauvé. Il s'était cru sauvé. À tort.

Dès le jour du mariage il avait déchanté. Il s'en souvient, c'était pendant un slow exécuté avec celle qui venait de devenir sa belle-mère en titre. Une invitation à la danse que toute l'assistance avait réclamée, sauf Étienne qui abusait du whisky au bar. Il revoit avec une précision hallucinante la bretelle de satin rose glisser sur son poignet, l'épaule lisse dont la peau étoilée de taches de rousseur l'aimante. Et aussi le chignon déroulé de Léa, sa joue près de la sienne, la chaleur irradiante de sa poitrine, sa taille sous le tissu tendu. Son odeur de fleurs. Il avait été terrassé, avait compris que son amour pour Léa ne le laisserait pas tranquille. Jamais. Et puis…

Et puis il y avait eu la mort tragique d'Étienne deux ans plus tard, et la naissance consolatrice d'Aurélien suivie de celle de Flora. La vie avait repris ses droits. Au fil des ans, la torture de la honte s'était successivement amplifiée puis atténuée, jusqu'à ce que son fol amour eût fini par s'émousser. Du moins le croyait-il.

Le trille d'un merle perché sur la gouttière d'en face interrompt sa rêverie. Le soir vient. Dans la ruelle piétonnière, il entend le fracas d'un rideau de fer qu'on rabat. Faute de vêtements de rechange, il doit enfiler les mêmes. Sensation désagréable d'être sale à nouveau. Il va descendre pour trouver un dernier bazar ouvert, s'acheter une brosse à dents et un rasoir jetable. Décidément, il ne supporte plus cette barbe de vieux baroudeur de pacotille. Il est temps d'y mettre fin.

« Mon p'tit, je ne me suis jamais habituée à votre barbe. Pour moi, vous avez toujours seize ans. »

« Mon p'tit »… Ces mots lui brisent le cœur. C'est comme un appel. Comment a-t-il pu partir, abandonner Léa ? Que fait-il là, loin d'elle ?

Demain, dès le matin, il téléphonera. On la préviendra. À la première heure des visites, il reviendra auprès d'elle.

Il a seize ans.

28

– Madame Epstein est dans sa chambre. Elle a passé une mauvaise nuit. Rien de grave, rassurez-vous. Elle vous attend. On l'a prévenue de votre visite.

Une odeur douceâtre de désinfectant industriel l'avait accompagné dans le couloir, à l'étage. Le sol dallé de plastique était fraîchement vitrifié et les murs blêmes laqués beige reflétaient sa silhouette déformée au passage.

Tout lui était hostile.

Il détestait cette propreté clinique et strictement sanitaire. Lustrée, glacée, bleuâtre, à mi-chemin entre piscine, hôpital et morgue. Il détestait ce monde devenu hygiéniste et sécuritaire à outrance.

Il avait pris sa respiration avant de frapper porte 216. Pas de réponse. Il était entré, inquiet.

Léa, étendue sur son lit, lui était apparue si frêle…

si petite… si pâle. Sa silhouette l'avait attendri dans le contre-jour hachuré du store à lamelles. Elle n'avait pas fait un geste, ne l'avait pas regardé. Il avait hésité.

– Ah, vous voilà… vous êtes revenu quand même… vous aviez le droit de m'en vouloir, vous savez… j'aurais compris… Approchez. Je ne vous entends pas.

– Je n'ai rien dit, Léa.

– Asseyez-vous que je vous regarde. Venez. J'ai la faiblesse d'être heureuse de vous voir. C'est plus fort que moi. Vous ne m'en voulez pas ? Approchez avant que je vous chasse… Pourquoi hésitez-vous ? Suis-je à ce point repoussante ? Vous êtes prié de me mentir !

– Je vous trouve toujours aussi séduisante, ma Léa. Comment allez-vous ? Avez-vous besoin de quelque chose ?

– Il vaut mieux que je ne vous dise pas de quoi je manque. Vous rougiriez jusqu'aux sourcils. Même vos beaux yeux bleus y passeraient, rouges de honte… Allez, je vous taquine. Promis, je ne recommence pas… Donc, vous voici revenu auprès de votre belle-mère abusive… Vous vivez dangereusement, mon cher ! Où sont passées mes lunettes ?

Sur la table de chevet fleurit le rosier miniature qu'il lui a offert la veille et dont le feuillage fait écran à la photo de famille aux bords dentelés.

– Mais, ma parole… c'est que vous avez rasé votre

affreuse barbouze ! Quelle bonne idée ! Qu'est-ce qui vous a pris ? C'est pour moi ? Pour me faire plaisir ? C'est une mue, non ? Une nouvelle vie qui commence pour vous. Mazel Tov ! Savez-vous que ça vous rajeunit terriblement ? À présent, j'ai l'air d'être votre arrière-arrière-grand-mère !

Léa avait émis un petit rire qui sonnait faux. Lui, il s'était senti à court de réplique. Il n'avait besoin que d'une chose, n'était venu chercher qu'une seule chose : l'entendre lui dire et redire « Pierre… mon Pierre ». Il voulait qu'elle prononçât son prénom, encore et encore. À cette minute, il aurait tout donné pour cela. Et qu'elle le tutoie.

– Figurez-vous, mon p'tit, que je n'ai pas fermé l'œil de la nuit. Je me suis demandé quel monstre j'étais. Quel mal j'avais dû vous faire. J'ai attendu la mort. Pas voulu venir, la salope ! Jamais au bon moment. Ce serait bien que je meure, là, tout de suite, doucement, avec vous au bord de mon lit. Ce serait un cadeau, mais je ne le mérite sans doute pas. Mon p'tit, je dis beaucoup de bêtises. J'espère que vous ne m'en voulez pas… d'hier… de tout ça. Je n'ai jamais voulu vous faire souffrir. Vous me croyez, n'est-ce pas ?

Il avait mis un genou à terre pour se placer à sa hauteur. Encore un peu, il se serait allongé le long d'elle, toute honte ravalée, aurait passé un bras sous sa taille si fine de statuette de verre prête à se briser. Danser ce slow inachevé, le même slow. Le terminer, enfin.

– Ma Léa…

– Donnez-moi votre main, mon p'tit. Votre main. J'ai besoin de vous toucher, de toucher un être humain, un homme. Vous, Pierre.

Il lui avait tendu une main qu'elle avait pressée contre sa bouche, puis détachée de ses lèvres tremblantes pour la tenir serrée fort contre sa poitrine.

– Trouvez-vous juste que la vieillesse interdise tout amour, prive le corps de tendresse, de plaisir ? Quelle déchéance !… Pourquoi vivre aussi longtemps si c'est dans un tel dénuement ?… La vieillesse vous dépouille de tout, elle vous rend pauvre, infiniment. Faites-moi taire. Parlez-moi, Pierre. Dites n'importe quoi. Je veux partir maintenant. Maintenant que vous savez tout. Dans vos bras.

– Non, Léa. Vous ne pouvez pas partir. Plus maintenant.

– Oh si, je vais partir. Vous sentez, là ? Mon cœur fait des siennes. Il se prend pour un tam-tam africain. Extrasystoles, ils disent. Aucune importance… Trop usé à battre pour rien… Pour vous.

Il avait eu peur qu'elle ne fît un malaise. Elle avait tout refusé : qu'il appelle l'infirmière, qu'il remonte le store, qu'il lui donne un verre d'eau. Il ne devait pas bouger, pas la quitter, pas la lâcher. Elle le suppliait, s'embrouillait, perdait la tête.

– Mon p'tit, mon Pierre… ne cessait-elle de psalmodier, et elle pleurait doucement en embrassant follement sa main… Comme tu vas me manquer, mon Pierre…

Les yeux obstinément fermés, l'un et l'autre étaient restés dans la langueur indicible de ce moment, toute pudeur abolie.

À présent, Léa lui effleurait le visage, s'enhardissait. Sensation irréelle. Et lui, à genoux, troublé, le front contre le drap frais, avait reçu sa caresse jusqu'à ce qu'elle l'obligeât à se relever. Sa peau brûlait.

Alors, sans savoir ce qu'il faisait, il avait laissé glisser sa main sur elle, avait égaré ses doigts dans les mèches blanches et soyeuses. Il s'était incliné jusqu'à se trouver contre son visage. Leurs yeux s'étaient ouverts, leurs lèvres rencontrées. Légères. Et ils s'étaient donné comme un baiser d'enfants.

Ensuite, il s'était arraché à elle, à sa douceur vertigineuse et murmurante, à ses lèvres tendres, à ce corps tiède qui avait enfanté Étienne et Régine, les deux êtres qu'il avait le plus aimés au monde.

Elle avait gémi à peine lorsqu'il s'était levé.

La croyant assoupie, il avait fui, exténué, avait dévalé les escaliers, traversé le hall, prévenu de son départ une secrétaire à l'accueil, puis avait regagné le parking la visière du casque rabattue malgré la chaleur, la vue brouillée.

Il venait de comprendre enfin les années perdues, les désirs torturants et réciproques. Maintenant, ils pourraient s'aimer, Léa et lui. S'aimer et se le dire autant qu'ils le voudraient, aussi longtemps qu'ils seraient vivants.

Il avait roulé comme un fou.

29

Sa boîte vocale est saturée. Il a écouté les messages tour à tour amusés puis anxieux de Flora. D'autres se trouvent sans doute sur la messagerie de son portable, mais la batterie s'est déchargée durant le séjour improvisé à Rouen.

Depuis hier, c'est comme s'il avait vécu une longue boucle dans le décours du temps, une séquence au ralenti, entre parenthèses. Il n'est plus le même. Son visage rasé vient de le surprendre agréablement, en bas, dans la vitre de l'ascenseur. Est-il au seuil d'une nouvelle vie, comme Léa le lui a prédit ? C'est certain, et elle y est pour quelque chose. Il se sent différent. Nouveau. Libéré des noirceurs du deuil. En accord avec lui-même comme jamais.

État tant espéré. Combien de fois, en effet, durant sa vie, n'a-t-il pas eu envie de disparaître ! Non pas de mourir, mais un besoin urgent de se dissoudre, de se perdre, de s'enfoncer dans le dédale des rues, dans le quadrillage des immeubles. Désir de se laisser engloutir par la ville comme par un océan. Ensuite, au hasard, durant des heures, des nuits, des années, il aurait dérivé, fait la planche. Il aurait choisi des hôtels obscurs, se serait attardé, immobile, dans l'effervescence des aéroports, aurait erré sans but, en transit dans des halls, des cafés, de vastes salles des pas perdus. Déambulation sans mémoire. Sans passé, sans bagages, il serait devenu amnésique de sa médiocre vie.

Cela le prenait le soir, après la fermeture de la librairie, mais jamais il n'avait eu le cran de céder à cet appel. Manque de courage. Pourtant, la force d'attraction était terriblement violente. Les soirs où cette pulsion le saisissait, il se souvient qu'il lui fallait monopoliser toute sa raison, toute sa persuasion, pour y résister. Il devait se forcer à imaginer la peine infinie cruellement infligée à ses proches : ni Régine, ni les enfants, ni ses parents, ni Léa même, ne méritaient pareil traitement.

Alors, il capitulait, descendait la rue Monge, la tête dans les épaules, écœuré, nauséeux, mécontent de lui. Il reprenait, docile, le chemin du domicile, où, bien sûr, personne ne se douterait de rien. Il lui en coûtait de cet amer retour au bercail qui lui renvoyait une piètre image de lui-même : celle d'un type vaincu, déçu, traître à sa famille et à ses serments. Traître à ses rêves.

Rien de semblable aujourd'hui. Il sourit, passant la main sous son menton qui commence à faire papier de verre, retrouve peu à peu ses marques dans l'appartement déserté depuis la veille. Malgré la fatigue de la route particulièrement épuisante à cause de la circulation du week-end, le voici de retour, mais comme s'il songeait déjà à repartir.

« Mon p'tit… Mon Pierre… » Il lui suffit de prononcer les mots de Léa pour que monte en lui une intense sensation de joie. Quelque chose d'enfantin, de tendre, de doux. Une puissante impression de légèreté. Une irradiante ivresse.

Pour la première fois de sa vie, il est dans la plénitude d'une paix intérieure. Sa lutte contre lui-même vient de s'achever.

Pendant son absence, la chaleur s'est accumulée dans les pièces côté rue. Il garde les volets clos. L'amour de Léa le rend indifférent au monde. Il veut rester avec elle, se remémorer chaque parcelle de ce qu'ils viennent de vivre.

Rien ne presse. Personne ne l'attend. Avec la vive insouciance de son incroyable retour de jeunesse, il ôte ses vêtements, passe dans la salle de bains.

Ce samedi de juillet semble encore plus paisible que d'habitude. On est au milieu de l'été.

30

Les quelques longueurs de bassin qu'il a exécutées à la piscine ce matin n'ont pas suffi à lui éclaircir les idées. Bien au contraire. Plus il tourne et retourne la situation, plus il se sent pris d'un malaise sournois. Il est comme déchiré entre un bonheur fou et le goût aigre des occasions perdues qui signent une vie ratée.

Bien que toute la journée d'hier il ait été transporté par la merveille des aveux de Léa, bien qu'il se soit senti comblé au-delà de tout par ce qu'ils ont vécu, peu à peu, et malgré ses efforts, son allégresse est retombée, son exaltation évanouie. Le feu de joie s'éteint au fil des heures ; il craint qu'il n'en reste plus rien qu'un souvenir éblouissant laminé par la traversée des rêves oppressants de la nuit.

Il regrette son insouciance de la veille, ses seize ans éphémères. Le fardeau plombé de la réalité a repris ses droits et pèse de tout son poids sur ses épaules courbaturées par la nage.

Car comment se leurrer ? Comment se cacher que son existence n'a été qu'un triste naufrage, que Léa et lui ont fait le mauvais choix, celui de se taire, de ménager d'hypocrites apparences, de refuser l'évidence de leur passion mutuelle. Si sacrifier leur histoire d'amour avait suffi à préserver leurs proches, au moins… Mais non. Pas du tout. Ils ont juste eu le cœur trop étroit, trop mesquin, et tous en ont souffert. Il ne cesse de remettre ses complaisantes certitudes en question, découvre les véritables mobiles inavouables des uns et des autres.

Régine avait joué le jeu de l'aveuglement généreux, le jeu de la parfaite harmonie fraternelle et conjugale jusqu'à l'épuisement. Nathan, dont on disait un peu vite que sa dépression chronique était due à la guerre, s'était toujours traîné, malheureux, sans mot dire, derrière la flamboyante Léa. Quant à Étienne, disparu si vite et dans des circonstances tellement hasardeuses, quel jeu avait-il joué ? Des doutes avaient même couru quant à un possible suicide. Hypothèse terrifiante défendue par Régine éperdue de douleur. Envisagée par lui aussi, mais en secret.

En effet, des nuits entières il s'était demandé dans quelle mesure il pouvait être à l'origine de la mort de son meilleur ami. Plus il y pensait, plus d'épaisses zones troubles planaient, tant sur sa propre conduite que sur celle d'Étienne. Finalement, il était parvenu à tordre le cou à l'insupportable éventualité du suicide. Vivre avec était devenu impossible. Il l'avait tenue à distance. Parfois, elle revenait encore le gifler. Comme aujourd'hui.

Qu'avait-on su vraiment de ce jeune homme ombrageux, de cet adolescent romantique peu pressé de quitter l'idéalisme de l'adolescence, renâclant à franchir le seuil du monde adulte ? Étienne possédait l'art de garder farouchement sa vie et ses amours secrètes. Leur amitié était bâtie sur le respect et la pudeur. Entre eux, peu de confidences échangées de part et d'autre. Dans les années cinquante, soixante, parlait-on de sexe à tout bout de champ comme aujourd'hui ? Ce n'était pas leur cas.

À présent que Léa et lui viennent de mettre fin à un silence de plus de cinquante ans, il prend conscience que chaque personne, à l'instant où elle disparaît, emporte avec elle son énigme, laisse ceux qui lui survivent dans une profonde ignorance, dans d'obsédantes conjectures. Une tombe, un secret. C'est bien ainsi.

De sa fenêtre, il assiste aux dernières criées du marché Mouffetard avant le remballage. Le chanteur de rue des dimanches n'est pas revenu depuis fin juin. Plus de piano à bretelles, ni de gouaille parisienne, ni d'attroupement spontané. Plus de répertoire nostalgique marqué au fer rouge par la voix de Régine. Tant mieux.

Le premier mouvement d'un nocturne de Chopin arrive on ne sait d'où. Du quatrième étage, sans doute. Les fenêtres doivent être grandes ouvertes.

Soudain, perçant le brouhaha de la rue, couvrant la musique déchirante et les cris d'enfants du square, s'élève, incertaine, une plainte poignante, un sanglot.

La voisine. Wanda. Wanda comment, déjà ?…

31

Lui faudra-t-il toujours jouer les bons Samaritains ? Quelle délectation malsaine y puise-t-il, quelle jouissance ? Il suspecte en lui des motifs peu clairs qui, s'il les décryptait, ne l'honoreraient certainement pas.

À y voir de plus près, toute sa vie il n'a cessé de balancer entre deux pôles, et ce sont, par étrange ironie, ceux des deux sujets épineux de sa classe de philo. D'une part, la question de la vérité, dont il vient à peine de trouver la réponse avec plus d'un demi-siècle de retard, d'autre part, la question des intentions, toujours en suspens celle-là, toujours inextricable.

Il racle le fond du pot de confiture de framboises offert par la jeune Wanda, l'étale sur la dernière biscotte ébréchée du paquet. Il se félicite de n'avoir pas cédé hier à son impulsion de monter à l'étage lorsqu'il l'a entendue hurler. En fait, ce qui en avait décidé, c'est qu'il n'était tout simplement pas présentable : torse nu et bermuda. Le temps qu'il tergiverse sur la bonne attitude à adopter, l'ascenseur s'était déjà ébranlé, montait, stoppait au quatrième. Une galopade lui succédait.

Par curiosité, de sa fenêtre, il avait guetté en contrebas la jeune femme, l'avait vue déboucher du porche, sortir de l'ombre à claire-voie des platanes pour vite traverser, si étourdie qu'en s'élançant vers le square elle avait fait piler une camionnette de livraison.

D'où lui était venue l'incompréhensible nécessité de la rejoindre ? Peur enfantine de l'imminence d'une tragédie dont il pourrait porter la responsabilité, compassion oppressante pour la souffrance d'autrui. Besoin de se valoriser à ses yeux pour recueillir les preuves d'une reconnaissance indispensable.

Il retrouve bien là le petit Pierrot malingre et adulé de sa mère, le garçon craintif qui redoutait toujours qu'on l'abandonnât pour une faute inconnue de lui, suivie d'une sanction incomprise mais certainement méritée, car il était forcément coupable.

Ne change-t-on jamais ? À son âge, il en doute.

Depuis longtemps il se rend compte qu'il s'est souvent jeté dans le désespoir d'autrui pour étouffer le sien propre, pour sortir de la noirceur de son petit moi. Régine, fine mouche, qui qualifiait ses actes de bravoure altruiste de

« pis-aller », lui avait même vanté les bienfaits d'une psychanalyse, mais ce genre de thérapie, il s'en méfiait. Il trouvait qu'il s'en tirerait toujours mieux seul qu'à s'apitoyer sur son sort, qu'à lécher les plaies de son enfance.

Bien sûr, lorsqu'il s'était planté devant elle, square Saint-Médard, il n'avait pas dit à Wanda qu'il était descendu exprès. Il avait fait celui qui traverse le jardin nonchalamment, de part en part, pour couper vers la rue Monge. Il lui avait fait croire que c'était un hasard s'il l'avait aperçue recroquevillée sur un banc le long de l'allée d'aubépines, pieds nus, les bras enserrant ses jambes repliées, le front contre les genoux, comme si elle grelottait de froid.

Une fois de plus, l'extrême jeunesse de la jeune femme l'avait frappé. Elle avait à peine acquiescé lorsqu'il s'était invité à s'asseoir. Sur ses joues enfantines, les traces blanchâtres des récentes larmes contrastaient avec le bronzage abricot, accentuaient l'effet velouté de sa peau. Elle reniflait, encore secouée de hoquets.

– Et votre petit ?

– Avec son père, en vacances à La Baule. C'est son tour.

Elle avait dit cela de façon mécanique. Les dents serrées. Rien ne pouvait laisser supposer que c'était la séparation d'avec le petit Jim qui la mettait dans pareille détresse.

– Et vous ?

– Moi, rien. Rien. Ça va. Besoin de rien, s'était-il entendu répondre, étonné.

– Vous avez de la chance. C'est que vous avez tout ce qu'il vous faut.

– Vous devez avoir raison. Je suis comblé. Comblé et seul.

L'éblouissante image de Léa allongée sur son lit l'avait saisi. Il avait retenu un sourire par égard pour la jeune femme, parce que, gardé au secret, son violent souvenir n'en avait que plus d'ardeur. Une chaude bouffée d'amour lui avait gonflé la poitrine et, comme pour incarner cette poignante émotion, il avait passé la main sur son visage dont la nudité continuait de le surprendre, lui rappelant la journée précédente.

Pendant qu'il rallumait sa pipe, Wanda, songeuse, avait enfin posé sur lui des yeux plus attentifs, hésité dans un léger froncement de sourcils.

– Ne cherchez pas, mademoiselle : c'est ma barbe. Je l'ai laissée à Rouen, dans un hôtel miteux. C'est fou ce que ça m'a ôté un poids !

Il avait pensé au mot « barbouze » de Léa. Il s'était laissé aller à un sourire que Wanda avait interprété comme l'expression d'une satisfaction.

– Elle devait représenter des tas de choses casse-pieds, votre barbe… des sales souvenirs. C'est comme moi : le jour où j'ai liquidé mes nattes, ma mère en a été malade à pleurer, mais moi, c'est dingue, délivrée, j'étais! Comme si j'avais enfin réussi à couper le cordon.

– Exactement, mademoiselle. Les souvenirs sont souvent un cordon mortel.

– Mortel…

La jeune femme s'était abritée de sa main en visière, avait plissé les paupières pour éviter le soleil qui pointait entre les arbres et frappait durement ses yeux kaki soudain mordorés.

– Je ne comprends pas votre « mortel ».

– Normal. Question d'âge. Vous êtes plus proche de votre naissance, moi de ma mort. C'est toute la différence.

– Oh, vous savez, l'âge ça ne veut pas dire grand-chose. On ne sait jamais qui mourra le premier. C'est un peu la loterie, non?

– En effet. À moins de tricher…

– Vous voulez dire de se suicider?

– C'est ça.

Les troènes saturés de soleil embaumaient le miel malgré la pauvreté végétative des bosquets. À moins que ce ne fussent, au sortir du square à quelques mètres de là, les effluves des plantes en pot exposées chez le fleuriste et la jonchée de pétales de roses dont celui-ci parsemait le trottoir. Ou encore le parfum de Wanda.

Le parfum de Wanda... il ose se formuler cela.

Il se connaît. Il a toujours éprouvé un véritable trouble à respirer l'odeur d'une femme, de la peau chaude et nue d'une femme. Lui reviennent des épisodes plus ou moins confus, plus ou moins avouables. Tout en lui s'émeut infiniment à l'odeur enivrante d'une épaule, d'une aisselle, d'une nuque. Parties cachées du corps féminin qui fleurent bon aux premiers beaux jours, lorsque, libérées du carcan vestimentaire hivernal, les passantes offrent au tout-venant qu'elles frôlent, l'effleurant à peine, d'obscures fragrances et la fausse candeur de leur séduction.

Ils avaient pris un verre au bistrot du coin. Elle avait fini par admettre qu'elle n'avait rien avalé de la journée et elle s'était jetée avec gourmandise sur un large sandwich au pain Poilâne. Il l'avait félicitée pour son appétit retrouvé.

– C'est grâce à vous. Sinon, je crois que j'étais mal barrée.

Elle ne lui en avait pas dit plus. Il ne lui avait posé aucune question. Il n'avait jamais été enclin à interroger les gens, craignant d'être intrusif. Il préférait laisser venir la confidence. Et souvent, elle venait. Du temps de la librairie, c'est fou ce que certaines clientes se racontaient. De l'achat d'un roman au roman de leur vie, il n'y avait qu'un pas. Régine s'en amusait. Elle trouvait à son mari une vocation de coiffeur. Pour elle, à part les psys, c'étaient les coiffeurs qui remportaient la palme thérapeutique. La Lib'ellule faisait partie des hauts lieux d'épanchement salutaire, au même titre que les confessionnaux, les cabinets d'analystes et… les salons de coiffure.

Au moment de régler l'addition, la jeune voisine avait insisté, sortant de son sac à dos une sorte de petit caniche en peluche râpée à fermeture Éclair. Il avait eu le dernier mot, puis l'avait raccompagnée en bas de leur immeuble.

– Vous savez, vous devriez arrêter de m'appeler « mademoiselle ». D'abord, c'est « madame », je vous rappelle. Et puis ça fait vieillot, votre « mademoiselle »… Alors, maintenant qu'on se connaît, ce sera « Wanda », hein ? L'air de rien, j'ai quand même trente-cinq balais !

– Oui, madame… oui, Wanda… et moi ce sera… « Vieillot », « monsieur Vieillot » !

Elle avait rigolé en sautillant comme une gamine sur ses tongs en plastique rose fluo.

Lui, au lieu de remonter aussitôt comme il l'avait prévu, avait subitement décidé de marcher un peu. Se dégourdir les jambes, respirer, admirer le soleil se coucher du pont de l'Arsenal. Il en profiterait pour faire le tour de l'île Saint-Louis. Il y avait si longtemps… Ce serait suivant l'inspiration…

Madame, mademoiselle, Wanda… Vraiment, il était à côté de la plaque. Quel vieil imbécile il faisait !

32

Date inconnue, flemme de chercher, juillet toujours !

Hier après-midi, joué les saint-bernard pour la petite voisine du dessus. Décidément charmante. Reçu un mail d'Aurélien en vacances à Santa Monica. Toujours aussi laconique, ce fils. Enfin eu Flora au téléphone, visiblement heureuse de sa virée à Barcelone avec son amie. Tout est bien, donc.

Besoin de retourner sans cesse auprès de Léa. Jamais je n'aurai autant pris la route depuis des années ! Déménager à Rouen ? Acheter le fameux studio à Trouville ?... Comme si cela pouvait nous faire revivre le temps perdu, nous empêcher d'être en bout de course ! Comme si nous pouvions nous consoler des minutes, des années d'un amour que nous n'avons pas vécu, que nous ne vivrons pas comme nous l'aurions dû...

« Les jamais plus, mon Pierre, ça sent déjà la mort. »

Il avait dû cesser d'écrire, la vue brouillée de fatigue ou de larmes. C'était idiot. Il devenait grotesque.

À présent qu'il termine son bol de café, il se dit qu'il aurait mieux fait de ne pas écrire ni relire ces lignes bêtifiantes. Il s'apprête à rouler sa première cigarette de la journée, déplore de s'être embourbé une fois encore dans des pensées confuses, des sentiments contradictoires, des doutes insolubles qui ne méritent pas d'être notés.

Un fragment de rêve lui revient, qui l'a réveillé à l'aube. Wanda, courant jambes nues sur une plage, l'entraînant vers les Roches Noires aux volets clos, grimpant le petit escalier de ciment ensablé et disparaissant de sa vue sous une pluie de pétales. Il l'avait cherchée, appelée d'un nom, un nom inconnu de lui. En vain.

« Une femme peut en cacher une autre », lui avait déclaré un jour Régine, perspicace. Savait-elle à quel point c'était vrai ?

Il est saisi de honte à l'idée du mal qu'il a pu lui faire.

Il se perd dans l'empilement saugrenu de ses amours. Emboîtées les unes dans les autres : sa mère, Lizzie, Léa, Régine. Qui est celle qui englobe les autres ? Qui est la plus petite, nichée au cœur des autres ? Il redoute de trop jouer de cette métaphore de nature à le révéler à lui-même, à lui faire mettre au jour quelque secret honteux dont il aurait à rougir. Ça lui apprendra à réduire ses amours à une collection de poupées russes ! Il n'a plus qu'à y ajouter Flora, et pourquoi pas Wanda, tant qu'il y est !

Les heures passent. Il tente de quitter les abords dangereux où l'entraînent ses réflexions. Y revient sans cesse. Toutes ces femmes ne représenteraient-elles pas l'image d'une seule et unique femme, une femme aux yeux aussi bleus que les siens ? Ces pensées le précipitent dans un malaise grandissant comme chaque fois qu'il évoque le souvenir énigmatique de sa mère.

Le temps est à l'orage. Tout à l'heure, il ira s'acheter les journaux. Il se sent coupé de l'actualité du monde ces derniers jours.

En remontant, il prendra le courrier.

33

Pierre,
Ne venez plus. Il ne faut pas.
Faites comme si j'étais morte. Je le suis depuis longtemps malgré ce sursaut de bonheur.
Comment ne pas vous aimer jusqu'à la fin ?
Ma vie est une peau de chagrin. Le mot « chagrin » est le bon.
Excusez-moi, mon Pierre. Oubliez-moi.
Il vous faut vivre encore. Sans moi.
Adieu,

Votre Léa

Debout dans le hall, il relit la lettre plusieurs fois, n'en croit pas ses yeux. La première lettre de Léa. Jamais de toute leur vie elle ne lui a écrit, ils ne se sont écrit. Du plus loin qu'il se souvienne, il se l'est toujours interdit. Combien de poèmes d'adolescence raturés, froissés, dont elle avait été l'inspiratrice, la destinataire, et qu'il avait déchirés, jetés au feu… Ce silence épistolaire disait, bien plus que les mots, leur connivence. L'écriture les aurait exposés à tous les dangers, à tous les aveux, les aurait précipités inévitablement vers la catastrophe, cette catastrophe redoutée, tant désirée…

Cependant, leur amour, loin de dépérir au sein de ce silence, n'avait fait que croître. Il attendait son heure, tapi dans les méandres tourmentés de leur cœur.

En bas des marches, les forces lui manquent. L'ascenseur remonte déjà, appelé dans les étages. Ses jambes se dérobent sous lui. Il se sent incapable de prendre l'escalier. La solitude, le sentiment de ratage, d'abandon, la mort annoncée de Léa, sa Léa : tout cela lui serre le cœur et lui est intolérable. Il est abattu. Sans force.

– Tiens !… Ça ne va pas, on dirait… Mauvaise nouvelle ? l'interpelle Wanda, qui surgit de l'ascenseur, sac de sport à l'épaule, et désigne du menton l'enveloppe qu'il tient en main.

Il tâche d'être poli, prend l'air désinvolte, mais aucun mot ne vient ; à peine un vague hochement de tête.

– Je vais nager un peu. Vous venez ? On pourrait noyer notre chagrin dans l'eau de Javel…

– Le mot « chagrin » est le bon !

Il cite Léa, et, rien qu'à prononcer sa phrase laconique, il éprouve une joie intense, une bouffée de douceur, l'illusion palpable de sa présence. Comme vivante en lui. Irréductible.

– Allez-y. Je vous rejoindrai peut-être… Merci !

Il n'y était pas allé. Il savait qu'il n'irait pas.

Malgré son bref accès d'émotion à prononcer la phrase de Léa, il s'était senti las, incapable de la moindre action, de la moindre décision. Figé à l'embranchement de plusieurs routes dont aucune ne lui paraissait la bonne, mentalement paralysé, il avait éprouvé le besoin de garder une totale immobilité, de suspendre sa respiration comme à la montée imminente d'une douleur aiguë. Il se serait voulu anesthésié, insensible.

Pour cela, il lui avait fallu se retrouver seul. Seul avec la pensée de Léa. Seul avec la lettre déchirante de Léa. Seul avec sa Léa.

Calé dans son fauteuil, il se calme peu à peu. La chaleur est d'heure en heure plus étouffante. Il a dirigé le ventilateur vers lui, après s'être mouillé la tête sous le robinet.

Une fraîcheur inhabituelle glisse sur son visage. Cela continue de le surprendre. Il ressent une sorte de volupté naïve à ce dévoilement d'une nudité retrouvée. Depuis dimanche, chaque fois qu'il se touche le menton, c'est le souvenir sans fin d'une caresse qu'il revit.

Il reprend la lettre. Chaque mot, chaque jambage tremblé de la main de Léa le séduit. Du bout des doigts, il tente même de suivre son trait de stylo qui, en creux, a marqué le papier d'un relief rageur.

Quand ses yeux se posent à nouveau sur les mots « sursaut de bonheur », son souffle se précipite, des picotements aiguillonnent son corps.

Il ne peut s'empêcher de reprendre la lecture. Les phrases acérées de Léa l'atteignent, le questionnent, le mettent en demeure d'admettre l'inadmissible : la preuve terrassante de l'aveu, et l'échec de cet amour mort-né, de cet amour trop tard.

Il y aurait de quoi pleurer, et pourtant tout en lui s'exalte et s'agite, pris dans l'élan d'une espérance folle. C'est à n'y rien comprendre. Comme si, l'espace d'un éclair, il venait d'entrevoir une faille éblouissante dans la muraille de malheur.

Il émiette, tasse, roule le tabac trop sec dans la feuille de papier à cigarette, passe sa langue sur le bord gommé, la scelle. Le Zippo libère sa haute flamme, puis claque.

Première bouffée. Le regard perdu à hauteur du clocher. Se détendre enfin. S'apaiser à l'abri du monde.

34

S'est-il assoupi un instant ? On sonne à la porte. Son mégot est froid entre ses doigts. On insiste. À quoi bon ouvrir ?

Il ouvre cependant. Ensuite, il sortira.

– Vous n'êtes pas venu à la piscine, alors je me suis inquiétée… Ça va ? Je ne vous dérange pas ?

Wanda, le cheveu brun-roux hérissé en épis humides, se tient dans l'encadrement de la porte. Un T-shirt bleu délavé à même la peau moule sa poitrine menue et libre d'adolescente.

– Mais non, entrez donc. Je rêvassais… L'eau était bonne ?

– Très. Et puis j'ai eu le grand bassin presque pour

moi toute seule. Ils sont tous en vacances. Le côté infect quand même, c'est les douches : y a toujours un sale pervers qui traîne pour vous zieuter. Du coup, faut que je monte me doucher. Bon, je ne vous embête pas plus…

Il émane d'elle un parfum frais de drap séché au soleil. Il ne sait comment il parvient à la retenir. Une minute, pas plus. Elle accepte de s'asseoir un moment. De la San Pellegrino bien fraîche, c'est tout ce qu'il a à lui offrir. Déjà mieux que l'eau du robinet dont il l'a abreuvée l'autre jour, avec son fils…

– Oui, y a du progrès. Mais moi, vous savez, l'eau, je l'aime sous toutes ses formes. Je suis du Poisson comme signe. Et vous ?

– Verseau.

– Plutôt sinistre, à ce qu'on dit !

– Comme vous pouvez le constater : Verseau… vieillot, c'est logique, non ?

Ils rient d'eux-mêmes, de leurs signes astrologiques tellement aquatiques.

Elle lui fait face sur le divan. Le ventilateur posé à leurs pieds soulève ses courtes mèches chaque fois que passe le souffle semi-circulaire. Il la contemple, touché par sa grâce juvénile, par ses cheveux virevoltants qui contrastent avec la gravité des yeux vert d'eau piquetés d'or. Elle lui fait l'effet d'un écureuil qu'il aurait apprivoisé par inadvertance.

Une pudeur distante les retient tous deux d'aborder des sujets plus personnels. Ils se cantonnent à des potins d'immeuble sans conséquences, à des informations anodines sur la vie du quartier, sur l'été qui avance. Elle a reçu de bonnes nouvelles de Jim. Non, elle ne s'inquiète pas trop pour son fils quand il est chez son père. Elle s'applique à faire taire son imagination, sinon elle paniquerait. On peut toujours trouver de quoi paniquer, n'est-ce pas ? Surtout après ce qu'elle a enduré…

Il acquiesce.

– Bon, faut que j'y aille, je pue la Javel, non ?…

Cela vient pour faire diversion. Il se surprend à vouloir la retenir encore un peu, remarque le regard interrogateur qu'elle a posé sur la lettre dépliée de Léa. Il se sent prêt à lui en dire quelque chose, moins pour se justifier que pour se confier. S'en empêche aussi vite.

Qu'est-ce qui lui prend ?…

Il la raccompagne dans l'entrée, lui souhaite du bout des lèvres une bonne fin d'après-midi. De dos, il suit la ligne de sa nuque mince couverte d'un fin duvet. Elle reste sans répondre, et soudain fait volte-face, remontant d'un coup sec son sac de piscine sur l'épaule :

– Vous êtes sûr de ne pas faire une petite déprime comme moi ?

Puis, preste, elle lui décoche un baiser qui claque sur sa joue, le laissant ahuri. D'une pirouette, elle a à peine traversé le couloir, enjambé les marches, que du palier du dessus lui parvient d'une voix frêle, poussée à l'aigu :

– Allez, monsieur Vieillot, ça suffit le cœur gros !

Le réconfort que lui offre cette jeune femme le ravit. C'est comme la réminiscence d'un ancien bonheur du temps où il était enfant. Quelque chose de violemment maternel…

Le cœur gros… Maman… Maman…

Il referme sa porte, va s'allonger pour se bercer de cette neuve tendresse. Il la laisse, pour une fois, s'écouler en lui comme un miel.

35

Ne pas penser. Rouler. Faire vite avant de retrouver ses esprits et sa propension à un immobilisme pétrifié d'hésitations stériles.

S'il n'y a pas de bouchons à la sortie du périph, il sera à Rouen avant la nuit. À l'Hôtel du Cygne, il demandera la même chambre, la 107, et demain, à la première heure des visites, il se pointera à la Roseraie, que Léa le veuille ou non.

À se diriger vers l'ouest, il a le soleil couchant de face et doit crisper les yeux, redoubler de vigilance. Malgré sa visière anti-UV, des larmes lui coulent au coin des paupières. Petit garçon, il a souvent vu sa mère larmoyer de la sorte, et il se laissait conter que ce n'était aucunement une manifestation de tristesse ; juste une hypersensibilité à la lumière. « Notre bleu, il est fragile », expliquait-elle. Il n'en avait jamais rien cru, déjà persuadé d'autres fragilités.

Ne pas penser. Rouler. Ni lui ni personne ne pourra cette fois l'empêcher de vivre ce qu'il a à vivre. Surtout pas Léa. Il ne veut même pas imaginer la scène, de peur de laisser s'infiltrer en lui le plus infime doute. Depuis qu'il a pris sa décision, il se sent porté, gonflé d'une jubilation intérieure.

Ce matin, le téléphone l'a réveillé en sursaut. Il a laissé le répondeur défiler, le message de Bénabou s'enregistrer, puis tout s'est enchaîné très vite. Non pas qu'il ait perdu la maîtrise des événements, mais parce qu'il a été pris de la nécessité d'agir enfin selon son intuition.

Il n'en peut plus de toute cette vie passive où il s'est laissé berner par les diktats rances de sa raison. Aujourd'hui, à plus de soixante-dix ans, il serait temps de vivre. Ou, du moins, de faire coïncider ses actes avec ses sentiments. Ce sont ses réflexions de l'après-midi qui l'ont sorti de son pesant abattement, puis d'une bienfaisante somnolence.

Faut-il qu'il s'alarme de sombrer ainsi à toute heure du jour ? La chaleur, la pollution, sans doute… Et puis, ces temps-ci, la moindre émotion le brise. La fatigue lui deviendrait-elle un refuge, à lui, l'insomniaque aux aguets ?

Tout à l'heure, lorsqu'il a piqué du nez, il a malencontreusement froissé le feuillet de la lettre, puis a râlé en vain de ne pas pouvoir le lisser afin de lui rendre son aspect initial.

Il aimerait venir à bout de ce fétichisme obsessionnel qui l'a souvent réduit en esclavage. Cesser d'accorder autant d'importance à d'insignifiants détails matériels. Mais c'est plus fort que lui : il lui en coûte de jeter, de se séparer, d'être dépossédé de bricoles sans réelle importance. Surtout de toute feuille écrite, qui prend pour lui un caractère sacré. Dévotion de libraire, d'écrivain rentré…

Comment n'en irait-il pas ainsi de cette lettre de Léa, cette lettre providentielle que, depuis ce matin, il n'est pas parvenu à lâcher, qu'il porte au chaud, comme un trophée, dans sa poche de poitrine ?

La circulation ralentit. Des coups de sifflet. Des motards. Le gyrophare d'une ambulance. Il évite de regarder l'attroupement sur le bas-côté. Tout accident lui rappelle immédiatement la mort d'Étienne, le mystère de sa mort jamais résolu.

Ne pas se laisser submerger. Faire obstacle à ces pensées qui le meurtrissent.

Heureusement, le trafic reprend.

Il accélère, rétablit son allure. L'autoroute s'ouvre, entière devant lui. L'horizon se dégage, semble plein de promesses. Il sourit de contentement malgré la chaleur moite du casque.

Décidément, le mot « chagrin » n'est plus le bon.

36

– Moi non plus, Léa, je ne suis jamais allé à Venise.

– Je ne sais pas de quoi vous me parlez. Pourquoi êtes-vous revenu ? Vous n'avez pas reçu ma lettre ?

– Votre blanc destrier est avancé. Je vous attends. Votre jour sera le mien.

– Arrêtez, Pierre. Ça ne me fait pas rire du tout.

– Mais ce n'est pas pour vous faire rire. C'est un enlèvement !

– Vous devenez fou !

– Oui, je deviens fou. Enfin ! Il serait temps ! J'ai aimé votre lettre, ma Léa.

Elle l'avait dévisagé, décontenancée. Sa main tremblait lorsqu'elle avait remonté une mèche de fils argentés qui lui frôlait la paupière. Queue de comète, avait-il pensé.

Rien, jamais, ne lui avait échappé d'elle. Depuis leur première rencontre, chacun des gestes de Léa lui était un ravissement, et il ne s'expliquait pas ce miracle que, à plus de quatre-vingt-dix ans, elle ait pu conserver intacte la grâce fragile de sa féminité.

À l'âge où tous et toutes ont déjà abdiqué depuis longtemps au jeu de la séduction et du sexe, Léa imposait encore avec autorité le charme d'une femme étrangement attirante. Du moins, il en allait ainsi pour lui, et peu lui importait de savoir ce que le monde entier pouvait en penser.

Que Léa accepte. Tel était son unique vœu.

Il l'avait quittée perplexe sous la véranda de la Roseraie. Hostile à sa proposition mais piquée au vif, durant tout le temps de la visite elle avait mimé des airs faussement scandalisés, joué à lui démonter son « projet ridicule », prenant tour à tour un ton grave, persuasif ou narquois.

– Vous ne m'embarquerez pas avec vous dans votre folie, Pierre. C'est cinquante ans trop tard. Laissez-moi pourrir tranquille. J'ai dit pourrir, oui. Mourir, cela va de soi. Ne revenez plus m'embêter. Ça ne sert à rien de nous faire du mal pour rien. Tout est ma faute.

Ce « nous » l'avait bouleversé. Elle n'avait cessé de lui asséner toutes sortes de cruelles vérités, l'avait traité de tortionnaire de la narguer ainsi d'un bonheur impossible. Mais cela avait été peine perdue : il n'avait pas cédé d'un pouce, n'était même pas entré dans le chantage et l'argumentation. Il avait esquivé tant et si bien que Léa avait fini par se laisser prendre les mains. Ils étaient restés ainsi longuement à se dévisager en silence.

– Maintenant, laissez-moi, mon Pierre. Ça suffit. Il faut que vous partiez. Je n'en peux plus. N'insistez pas.

– Partir, oui. Mais avec vous. Le train de nuit pour Venise, c'est tous les soirs gare de Lyon. Ni vous ni moi n'avons le droit de nous quitter maintenant. Je vous en prie… C'est possible. Je louerai une voiture.

Une tourterelle s'était perchée sur un arceau de la pergola. Malgré le va-et-vient des résidents et du personnel, tous deux se sentaient totalement isolés. Enfin, la chaleur trop intense les avait délogés et poussés à l'ombre, sous un parasol, vers les tables de jardin où traînaient les reliefs d'un petit déjeuner pris dehors par quelque retardataire.

– Ça suffit, Pierre. Mettez-moi debout. Je veux être debout pour vous dire adieu.

– Adieu ? Ne dites pas n'importe quoi, Léa ! Et puis… votre hanche…

– Fichez-moi la paix avec ma hanche. Faites comme je vous dis.

Du pied, il avait calé le pneu du fauteuil roulant, et il l'avait prise sous les bras, l'avait redressée, tenue serrée contre lui. De loin, on aurait dit un couple se préparant à une danse, et c'était vrai.

– Avouez que je vous épate, hein ? Le médecin m'a dit que je pourrai bientôt de nouveau marcher. Un kiné s'occupe de mon cas. C'est drôle, non ? Moi qui me croyais finie… Voilà, Pierre. C'est tout. Il faut que vous partiez. Partez. Soyez gentil. Nous seuls avons gâché nos vies. Personne d'autre que nous. Maintenant, c'est trop tard. Partez. Ne revenez plus. J'ai trop mal. J'aurais tant voulu…

Elle oscillait d'une contradiction à l'autre. Il l'avait sentie si perdue qu'il en avait eu les larmes aux yeux. Et que, se penchant pour la cueillir entre ses bras, sa bouche avait embrassé ses cheveux floconneux. Il ne voulait pas la lâcher. Il n'aurait jamais dû. Ils auraient dû partir ensemble le jour du mariage, terminer leur slow comme ils le devaient.

Tant d'années pour toucher à cette vérité…

Debout, serrée contre lui, il avait continué à l'entourer de ses bras. Il l'avait tenue jusqu'à sentir son corps mince ployer, ses mains s'accrocher à sa taille.

– Je sais, Pierre. Ne dites rien.

Elle avait murmuré cela de sa voix rauque dont le feulement le prenait au ventre. Il avait senti la joue de

Léa plaquée contre sa peau, sa respiration haletante dans son polo ouvert…

Apesanteur. Équilibre précaire d'une minute d'éternité.

Ils s'étaient tus pour savourer ce moment unique, suspendu dans leurs vies.

37

Anton avait dû s'approcher du divan où Siegrid se déshabillait. Elle n'avait pas compris.

– Vous pouvez les garder, si vous voulez… lui avait-il répété en désignant ses socquettes.

Décidément, cette fille le fascinait, lui rappelait avec force son trouble à la découverte des nus de Balthus, du temps des Beaux-Arts. Fillettes au ventre laiteux et bombé, aux seins naissants. Si peu candides.

Siegrid, il la voulait ouverte. Son pinceau de martre lissait l'aine, retouchait le pubis, du terre de Sienne et du mauve pour dire la fente humide. L'envie de lui ordonner d'écarter ses cuisses trop serrées lui était venue, mais il n'avait pas pu.

Étonnant comme les mots ont surgi facilement. Pourtant, après une interruption de plusieurs jours, il pensait qu'il aurait d'énormes difficultés à reprendre le fil de son chapitre. C'était compter sans la nouvelle effervescence qui coule dans ses veines depuis que, enfin délesté de ses entraves, il se sent, à tort ou à raison, à l'orée de tous les possibles avec son adorable Léa. Il vit, tendu dans une fébrile attente. Une pensée le monopolise absolument.

Combien de fois dans une vie s'autorise-t-on pareille liberté ? Combien de fois fait-on ainsi table rase, balayant tout obstacle, s'élançant vers une échappée de désir ? Plus il y songe, plus il est sûr que, pour lui, c'est une première fois. Il ne passera pas à côté de sa chance. Pas cette fois.

Le temps ne fait pas de cadeau.

Depuis trois jours, il est sans nouvelles de Léa. Il a téléphoné au standard : « Mme Epstein a besoin de repos. Elle a demandé qu'on ne lui passe aucun appel. » On l'a cependant rassuré sur sa santé et sur le bon déroulement de la rééducation.

Il attendra. Il attendra le temps qu'il faudra. Léa finira par capituler, se rendre, se donner. Il lui plaît d'attendre. Il prend goût à ce bras de fer amoureux. Cela provoque en lui un état d'allégresse, d'impatience, qu'il n'a plus vécu depuis l'adolescence. Un fourmillement intérieur l'excite délicieusement. Il se sent vivant, happé vers des lendemains surprenants et lumineux. Un sentiment de gratitude diffus s'ajoute à la chaude vague qui le submerge. Le monde à nouveau lui semble aimable :

il a même plaisanté avec la grosse épicière revêche, à l'angle.

Dernier week-end de juillet oblige, aux infos il n'y en a que pour Bison futé, la période classée rouge sur les routes à l'occasion des retours de vacances, et pour des controverses quant à une possible reprise de la canicule. Mais la météo, la circulation, les vacances font partie d'une réalité environnante qui ne l'atteint pas vraiment ; il se sent décidément peu concerné par l'actualité, même par le retour de Flora et des Bénabou.

En vérité, peu de choses l'occupent, mais elles sont essentielles à ses yeux : rêveries informelles autour des horaires pour Venise, recherche d'hôtel, location de voiture, nécessité de retourner à la piscine pour se remettre en forme après les trajets à moto éreintants de cette dernière semaine, enfin, tâcher de continuer son roman.

Mais il ne bouge pas. Se repaît de lenteur dans un curieux bien-être. Seul et comblé. À présent que la cloche de Saint-Médard vient de sonner six coups, il faudrait qu'il se force à renouer avec le monde extérieur, qu'il réponde pour le moins aux messages réitérés de ceux qui tiennent à lui et finiraient par s'inquiéter.

Il sait déjà qu'il lui faudra mentir, camoufler son secret. Rien que d'y penser l'amuse. Un secret bien caché gonfle jusqu'à prendre valeur de trésor. D'ailleurs, ces jours-ci, il se sent riche et jubilant comme un gosse. Et rajeuni, c'est fou… Décidément, il se moque de savoir où tout cela va le mener.

Cet amour mis au jour l'a fait entrer dans un temps différent, dans une sorte de fiction poétique à laquelle il a décidé de donner corps. Oui, corps. Il ose le penser.

Il tapote les deux extrémités de sa cigarette, coupe des dents les brins de tabac qui en dépassent, l'allume, puis compose le premier numéro.

Le portable de Flora est sur messagerie. Va pour un coup de fil à ce brave Ben.

38

– Alors, fils, qu'est-ce que tu deviens, on ne te voit plus. Ton vieux Ben, tu l'as oublié, dis ?

Martial Bénabou en rajoute toujours en aînesse fictive et cultive à l'envi les tics de langage typiquement pieds-noirs. Cela produit l'effet hilarant de certains sketches que Régine trouvait irrésistibles.

Il n'a jamais compris pourquoi elle avait une nette prédilection pour l'humour séfarade plutôt qu'ashkénaze. Par exemple, Popeck lui tapait sur les nerfs. Son accent yiddish caricatural équivalait pour elle à une grossière insulte. Elle vouait à la tendre langue juive six millions de fois assassinée un culte inconditionnel.

Il faut admettre qu'il avait du mal à la suivre sur ce terrain-là. Du fait de ses solides fondations familiales à lui, sans doute. Il y avait, semblait-il, un fossé entre les déracinés d'une langue, d'un pays, et les possesseurs d'arbres généalogiques qui croissent et prolifèrent dans le même terreau depuis la nuit des temps.

Était-ce cela qui l'avait séduit dès le début chez Étienne : cette différence, cette étrangeté, cette fracture à vif ? Et chez Léa, n'était-ce pas sa tragédie secrète ? Quant à Régine, il avait toujours craint de lui faire du mal, de se comporter en salaud vis-à-vis d'elle. Les années passant, il avait compris que, chez sa femme, le vécu d'enfant cachée s'avérait aussi indélébile que le numéro tatoué sur l'avant-bras de sa mère.

Hier soir, plus par paresse que par envie, à peine raccroché le combiné, il s'est retrouvé propulsé pour dîner chez Martial et sa femme : « Les fricassés de Monette, dis, ça ne se refuse pas ! »

Ils logent en haut d'une de ces tours de la place d'Italie construites par un architecte mégalo des années soixante-dix. À un quart d'heure à pied en remontant l'avenue des Gobelins.

La soirée avait été chaleureuse, nourrie d'anecdotes de leurs vacances tunisiennes brillamment surjouées par Martial, à qui sa femme savait ménager la vedette. Les rires avaient été ponctués aussi de quelques évocations nostalgiques à propos de la disparition du monde d'« avant » qui, immanquablement, correspondait aux années de jeunesse, au temps des parents, et, pour les Bénabou, aux époques de cohabitation pacifique entre juifs et Arabes. Pas comme de nos jours, avec tout se qui se passait de racisme et d'antisémitisme à force de tendancieux amalgames… la haine partout, et pas seulement dans la banlieue parisienne. Un feuilleton regrettable de malheurs sans fin.

– Et toi, alors, quoi de neuf ici depuis tout ce temps ?
– Bah… rien de neuf. Que du vieux… On fait aller…
– Tu ne nous files pas un mauvais coton, j'espère !
– Mais non, mais non, docteur, tout va !

Il s'en était fallu de peu que la date de la mort de Régine ne fût évoquée. Il s'en était bien tiré, profitant de l'entrée de la plantureuse Monette qui revenait, fière, de la cuisine, brandissant un nouveau plateau en cuivre rutilant et des petits verres décorés d'arabesques âprement marchandés aux souks.

– Un vrai thé à la menthe nanah avec des pignons ! Fermez les yeux et on est direct à Sidi Bou, au Café des Nattes, j'vous jure !

Il les avait quittés peu avant minuit avec, sous le bras, un coffret d'osier tressé où s'alignaient, roses, blanches et vertes, des dattes fourrées à la pâte d'amande et enrobées de sucre. On n'avait pas oublié son péché mignon. Ce cadeau l'avait beaucoup touché.

Il avait pris un malin plaisir à songer à ce qu'il leur rapporterait d'Italie si par bonheur… Une gondole miniature cent pour cent kitsch ? Un vase soufflé à la bouche en verre de Murano, ou une mini-cafetière espresso pour deux ?

Mais raconterait-il seulement à quiconque son « voyage de noces » avec Léa si par merveille il avait lieu ?

Il était reparti vers chez lui, la tête bourdonnante d'éclats de voix et de rires. Incrédule, il tergiversait sans cesse et revenait sur les modalités du départ pour Venise comme pour l'étayer davantage, lui donner réalité. Il interdisait à sa raison de venir à bout de son rêve. Cet amour si tard venu, pas question de le perdre : il s'entêterait follement à le réaliser. Il s'en était fait le serment.

Il avait pris l'avenue. Malgré l'heure tardive, l'air était encore lourd. Une odeur de gasoil surchauffé flottait sous les marronniers, nappait le macadam. Bien que presque arrivé, il s'était laissé tenter par l'étroite terrasse d'A Verse Toujours, ex-QG du temps de ses études, du temps où il s'achetait une bonne conscience universitaire à la bibliothèque d'Ulm.

Il s'était installé en attendant le garçon, avait tâté ses poches à la recherche de son tabac et de son briquet qu'il avait cru un instant avoir oubliés chez les Ben, lorsque, levant les yeux vers la pénombre du carrefour, il avait cru apercevoir la petite Moretti sautant d'un taxi stationné au feu rouge. Oui, c'était elle qui se battait avec un vaste panier tressé en paille multicolore, extirpait ses minces jambes nues de la Mercedes, s'y reprenait à trois fois pour claquer la portière, et apparaissait sous le halo blanc du réverbère.

Il avait hésité, s'était éclairci la voix avant de l'appeler.

– Vous ne pouvez pas imaginer ce qui m'est arrivé !

Il lui avançait déjà une chaise en simili-rotin. Elle était essoufflée et volubile. Trop. Comme on l'est parfois sous le coup d'une forte émotion.

– Vous croyez aux signes, vous ? avait-elle poursuivi, lui faisant remarquer qu'il se trouvait toujours sur sa route au bon moment.

Ils avaient franchement entamé la nuit et tout aussi franchement le coffret des succulentes dattes fourrées.

– Un délice partagé compte double, c'est comme au Scrabble, avait-elle décrété.

Entre eux, semblaient s'être instaurées une relation de protection mutuelle, une complicité en demi-teinte comme il s'en crée aux heures incertaines, dans ces moments qui échappent à la logique, aux normes, qui savent se moquer de la morale.

– Incroyable, non ?

Elle venait de lui brosser le tableau affligeant d'une de ces agressions quotidiennes dont, depuis quelques années, les filles étaient l'objet à Paris, à toute heure du jour et en tout lieu.

– Non, mais sincèrement… vous trouvez que je fais pute, vous, avec mes fringues ?

– Mais pas du tout. C'est pas de votre faute si vous êtes jeune et ravissante.

Il l'avait dit spontanément, pour la dérider, pour détendre l'atmosphère, et voici que sa déclaration tombait entre eux, pesante et douteuse comme la confession risible d'un admirateur bas de gamme. Il s'en était voulu.

Un silence avait suivi, embarrassé d'un long regard échangé. Il s'était demandé comment réparer l'effet désastreux de ses mots de potache. Aucune idée ne lui était venue.

– Tiens, j'avais jamais remarqué vos yeux bleus ! avait lancé Wanda un peu trop vite, comme pour donner le change, visiblement troublée.

Et puis, tout s'était précipité. Les cristaux de sucre collés aux commissures des lèvres pulpeuses. Le geste irrépressible d'y porter un index secourable qu'il s'était fait croire paternel. La bouche qui avait happé son doigt.

Elle avait baisé le creux de sa paume. Il avait cru défaillir, n'avait pas retiré sa main. N'avait rien trouvé à dire.

– Votre tabac sent le gâteau : j'adddore ! s'était exclamée la jeune femme, pour rompre le silence.

C'était ainsi. Trop tard pour reculer. Trop tard pour annuler les sourires et les gestes. Trop tard pour refuser l'évidence.

Et le tendre piège s'était refermé sur lui, sur eux.

39

Mon Pierre,
Mettons un terme à ces fadaises, à ces rêveries saugrenues. Quand c'est fini, c'est fini. Ce qui est raté est raté. Mort et enterré, ou presque. Laissez-moi terminer ma vie en paix. Mourir sur une gondole, ne serait-ce pas le comble du mauvais goût ? Voyez, j'essaie d'en rire…
Ces lignes sont censées vous remettre les idées d'aplomb. Pour moi, c'est déjà fait. Définitivement. Je vous aurai aimé toute ma vie. Je ne sais par quel prodige, vous aussi. N'est-ce pas ce qui compte le plus ? Si vous êtes honnête, vous savez bien que cet amour, nous l'avons perdu par notre faute, pour toutes sortes de bonnes et de mauvaises raisons. Et que, de ces raisons, nous avons davantage à rougir qu'à nous glorifier. Rien ne sert de regretter.
Je resterai votre Léa jusqu'au bout. Ne revenez

plus. Épargnez-moi. Épargnez-vous. Respectez cette demande. Mieux que des visites, mieux que des lettres et des coups de téléphone, votre absence me dira que vous m'aimez vraiment, que vous consentez à m'aider, à laisser mourir cet amour.
Mon amour…
Oubliez-moi ou pensez à moi, mais vivez!
Je vous embrasse avec tendresse,

Léa

Depuis le matin, la lettre est pliée dans la poche de son jean. Il ne peut en détacher sa pensée.

Dès qu'il avait reconnu l'écriture élégante, effilée, un peu hésitante, il avait précipitamment décacheté l'enveloppe, avait lu, relu, en remontant chez lui.

À présent, un sentiment d'irréalité l'habite. Il flotte dans un rêve. S'ajoute à cela une désagréable impression de déjà-vu. Déjà-vécu. Il ne sait plus où il en est, que faire… Jamais il n'a autant perdu le contrôle de ses émotions. Un scénario est en train de s'écrire dont il est, comme par inadvertance, l'un des personnages. Est-il responsable de ce qui lui arrive? À partir de quel moment? Quel mot, quel geste lui sont imputables? Son ancien système de culpabilité se remet en marche puis, comme par enchantement, cède bien vite du terrain devant la certitude neuve de sa bonne foi, de son bon droit.

Sa duplicité l'épouvante. Il se découvre dans le rôle du traître. Il se convainc, tant bien que mal, que c'est le prix à payer pour tenter de vivre ce qu'il aurait à vivre. Payer pour voir, comme au poker. Il ne contrôle plus rien. Est-il un monstre ? L'amour serait-il son châtiment ?

« Vivez ! »

Sans Léa ? Seul ? Avec qui ? Il n'ose imaginer la suite de ce mauvais feuilleton, fait appel au peu d'autodérision qui lui reste, mais il cède vite au souvenir des bras minces de Wanda noués autour de sa taille, hier sur le palier. « Alors, bonne nuit, monsieur Vieillot… » avait-elle chuchoté dans un souffle, comme à regret.

Il relit encore et encore la lettre de Léa comme s'il allait y trouver une réponse, un message crypté dont il ferait sa planche de salut.

« Oubliez-moi. »

Se soumettre ou non à cette injonction ? Enfreindre l'interdit une fois de plus ? N'a-t-elle pas accepté déjà, après la première lettre ?

Il cherche de quoi fumer. Il lui faut à tout prix se ressaisir, revenir au plus vite à sa rigoureuse morale habituelle. Ces derniers jours, il a dérapé, certes, mais ce doit être rattrapable. Il va assumer ses erreurs et redresser la barre. Oui… la barre. Mais quelle barre ? La tempête fait rage et le naufrage est annoncé, inévitable. Sa coque, déjà, fait eau de toutes parts.

Un vertige l'étourdit au souvenir des heures passées. Ébauche d'un désir soudain qu'il a refusé de mener à son terme. Maladresses d'adolescent. C'est bien le comble d'être ainsi empêtré dans ses contradictions ! Mais ce qu'il tolère le moins en lui, c'est ce désir pour une femme en âge d'être sa fille. Ce vague relent d'inceste le révulse. Très peu pour lui, Humbert Humbert et sa Lolita ! Il a toujours ressenti un malaise diffus à la lecture du célèbre roman de Nabokov, et à l'égard des clients qui l'achetaient dans sa librairie. Il devait se retenir de poser la question qui lui brûlait les lèvres, et se contentait d'encaisser en leur jetant un regard lourd de soupçons.

Et voici qu'il est pris au dépourvu par l'irruption d'une Wanda trentenaire… Quel salaud est-il donc pour souiller la mémoire de Régine et l'amour de Léa ? En plus, et pour être honnête, il ne se résout pas à exhiber son corps amoindri, décati – à part, bien sûr, à la piscine. Cela tient d'une fable licencieuse et minable : « Le vieux bouc et la jeune fille en fleurs ». Et cela lui paraît tout bonnement indécent.

Ses réflexions sont censées venir au secours de sa volonté défaillante. Elles devraient lui servir de repoussoir en cas d'assaut réitéré de sa charmante voisine, car visiblement assaut il y a eu, il y aura… Sauter de ce manège avant d'en tomber… d'en tomber… amoureux. Les jeux de mots ricanants ne semblent plus de taille à le préserver. Il n'est plus sûr de rien et cherche, éperdu, de plus en plus de faux-fuyants et d'accommodements pour étayer ses « préjugés d'un autre siècle », comme l'avait conclu Wanda.

Elle le trouvait beau. Elle le lui avait dit sans détour. Beau comme un arbre. Puissant. Capable de la protéger de tout. Elle n'avait pas précisé de quoi. Sur le palier, elle avait imploré la protection de ses bras, mais il avait réussi à se déprendre d'elle *in extremis*, dans le noir, lorsque la minuterie s'était subitement éteinte. Ce matin, il s'en félicite. En rester à la pointe exacerbée du désir, c'est déjà trop.

Affalé dans son fauteuil, il relit sans fin les phrases corrosives et suaves de Léa. Elles devraient lui permettre d'y voir clair. Il n'en est rien. Il ne parvient pas à admettre qu'elles soient sans appel. Il ne peut supporter les « jamais plus » déchirants. Il se sent lâche, se découvre enclin à approuver l'impérieuse décision de Léa. Par confort et mauvaise foi. S'il le fait avec autant de facilité, n'est-ce pas pour ménager ses avants, ces avances à Wanda ?

Hypocrite soulagement d'un roublard entre deux femmes offertes, en homme dans la tourmente imprévue de deux amours. Pitoyable vaudeville. Il n'ose croire à ce qui lui arrive, ni s'avouer son véritable désir, contraire à tous ses principes, à toutes ses résolutions. Mais c'est plus fort que lui, aujourd'hui son corps et son âme cherchent, malgré lui, à se réconcilier.

40

– Wanda et Vieillot sont dans un bateau, Wanda tombe à l'eau, qui est-ce qui reste ? chantonne-t-elle.

Il pourrait lui répondre : « Wanda tombe à l'eau, Vieillot plonge derrière. Le vieux saumon remonte toujours la rivière… », mais il s'en garde bien.

Jusqu'où remonteraient-ils la rivière ensemble ? Jusqu'à quelle source ? Où cela les mènerait-il ?

Ils s'étaient mis d'accord pour se retrouver plus tard, à Jean-Taris. Elle devait d'abord appeler son fils à l'heure du goûter, quand il reviendrait de la plage avec la baby-sitter. Ainsi en avait-il été convenu avec le père de l'enfant.

Dans le grand bassin, ils avaient évolué en parfaite harmonie, corps à corps fluide. Il n'avait pas pris la mesure des talents de sirène de Wanda, s'était évertué à garder ses distances, mais peine perdue, elle l'aimantait à l'effleurer de ses soyeuses ondulations d'algue. À ces jeux de séduction amusés, il se sentait novice malgré sa lourde aînesse. D'ailleurs, il avait failli annuler, mais l'eau bleue turquoise gommait toute son imperfection physique. Cela l'avait fait céder.

Il nageait à ses côtés dans une mer imaginaire, irréelle, jouissant du baptême de cet amour improbable, qu'il serait, croyait-il, toujours temps d'enrayer. Il se sentait neuf, délesté de remords comme jamais.

Une escapade à Trouville avec Wanda lui était même passée par la tête, frappée aussitôt d'interdit. Trouville, n'était-ce pas sa vie d'avant ? Trouville, Rouen, Venise… terrible chaîne qui égratignait sa culpabilité, le ramenait à une cruelle lucidité. À Léa.

Il savait pertinemment qu'il était en train de la vouer au néant, de l'achever. Il s'irritait de surprendre en lui un indigne empressement à lui obéir, à l'abandonner jusqu'à ce que mort s'ensuive. Plus qu'une trahison, c'était un meurtre qui marquerait la fin d'un amour impossible. D'un amour en silence.

Ces pensées violentes l'avaient précipité hors de l'eau. À quoi rimaient ces ébats déplacés avec une nymphette dans le chlore puant d'une piscine ? Wanda l'avait rejoint au bord du bassin. Il était resté un instant perturbé et muet, le regard vague sur la baie du patio où des cannas rouge feu se dressaient, prétentieux, derrière un rang de bambous empanachés.

Bientôt le maître nageur aurait le sifflet à la bouche pour annoncer la fermeture.

– Mais à quoi pensez-vous sans arrêt, monsieur Vieillot ? Je vois passer des nuages pas drôles dans le ciel de vos yeux…

Wanda plaisantait sans être dupe de ses absences. Enroulée dans sa serviette de bain, ses courts cheveux mouillés, elle avait l'air si petite et si jeune…

– Bon, cher monsieur mon voisin du dessous, on a tous un jardin secret et des heures secrètes. Un jour, j'aurai peut-être l'honneur d'y pénétrer…

– Parfois, vous voyez, j'aimerais partir loin, loin de moi. Me quitter.

– Allons-y ensemble ! J'ai décidé de ne plus vous lâcher les baskets !

Pris de court, il n'avait su que répondre. Il constatait de jour en jour qu'avec Wanda quelque chose de doux et de fort venait de lui arriver. C'était une évidence.

À le voir ainsi perdu, elle avait éclaté de rire :

– J'adore votre *la*, monsieur Vieillot.

Et, le voyant interloqué, elle avait pointé d'un index humide son grain de beauté sur la portée musicale de ses rides. Il s'était émerveillé de son sens de l'observation et de ses compétences en solfège. Rien d'extraordinaire, lui avait-elle expliqué : elle était prof de musique, et à la rentrée un nouveau poste l'attendait dans une école privée du Ve.

Ça ne l'avait pas vraiment surpris. Elle était toute musique, Wanda. Petite musique entrée par effraction dans sa vie d'emmuré : mélodie fraîche de sa voix, trilles de ses rires, sombres arpèges de ses sanglots. Il ne savait dans quel registre il la préférait.

La jeune femme balance ses pieds roses au-dessus de l'eau bleue. Un ruisselet dégouline de la pointe de ses mèches de garçonnet, se faufile dans le creux ambré des petits seins. Il se surprend à suivre, fasciné, une dernière gouttelette zigzagante qui file puis disparaît dans l'encolure du maillot gris.

Carpe minutam, songe-t-il, reprenant à son compte l'expression d'Horace revue et améliorée par Aurélien au temps du lycée, lors d'une joute épicurienne avec Régine.

Tout allait trop vite. Ne plus penser à rien. Jouir de l'instant. S'il pouvait cesser de penser… Mais en lui gronde un magma inquiétant auquel il ne peut rester sourd et qui le met en péril.

Wanda avait fait une jolie astuce sur leurs mutuelles histoires de clés, en avait conclu avec audace que, à présent, ils tenaient tous deux enfin un amour « clés en main ». Il avait voulu casser son mot d'esprit, lui enjoindre de ne pas s'emballer, lui dire que rien n'était joué, que rien jamais sans doute n'aurait lieu, mais il avait dû se retenir pour ne pas la faire taire d'un baiser.

– Il faut rentrer, Wanda. Vous êtes gelée.

La jeune femme frissonne, la bouche violette de froid.

Il l'entoure de sa propre serviette-éponge, la prend par les épaules. Ni père ni amant. Il la prend par les épaules. C'est tout.

Le sifflet aigre du maître nageur retentit.

41

Étourdie par les émotions de la route, par la vitesse et les kilomètres, Wanda somnole sur le sable. C'est son premier voyage à moto. Pendant tout le trajet, à travers son cuir, il l'a sentie blottie contre son dos. Jamais la route de Trouville ne lui a semblé si courte.

Il a garé la Ducati sur le parking du casino et a entraîné Wanda plus loin que les cabines, le terrain de boules, l'aire de jeux Mickey et l'Aquarium municipal. En ce matin d'été la plage était encore déserte, à part des joggeurs de tous âges et des chiens promenés à bout de laisse par leurs maîtresses en villégiature, le portable à l'oreille.

Ils avaient longé la promenade, dépassé les tennis pour parvenir au pied de l'Hôtel des Roches Noires, dont la noble et vétuste façade se dressait, volets grands ouverts. L'or gris de la côte irradiait et le froissement lointain des vagues à marée basse se mêlait aux cris des goélands et des pépiements d'enfants courant sur les planches. La mer, d'ordinaire couleur d'huître, faisait exception et donnait dans l'ultramarine.

Lovée le nez au creux de son coude, Wanda, assoupie, respire comme un petit chat. Il sent son souffle confiant et cela le rend heureux. Il s'emplit de l'odeur de paille tiède de ses cheveux, des effluves sucrés de sa peau. Détournant son regard du soleil, il est en paix. Il fume sa cigarette, peu pressé de voir la jeune femme émerger du sommeil.

Il l'observe avec tendresse, avec désir aussi, mais il peine à l'admettre. Cependant, pour la première fois de sa vie, il vient d'accomplir un acte de pure liberté en rupture totale avec son passé et pourtant en profond accord avec lui-même. Cela le met dans un étrange état d'irréalité. Jamais il n'a été aussi détaché de toute contingence. Tous repères abolis, par-delà ses malheurs et ses habitudes, par-delà le souvenir de Régine et son amour pour Léa, il entrevoit, insoupçonnées, de nouvelles perspectives.

Se peut-il qu'une dernière fois ressemble à une première ?

Au bout de la baie, vers Le Havre enfumé, une flottille de petits voiliers d'un club nautique s'éparpille sur les vagues scintillantes.

Le temps s'est arrêté, la plage est une chambre entre ciel et mer.

Il veille sur Wanda, caresse des yeux le duvet cuivré de ses bras, la courbe de la hanche. Il remonte vers le visage détendu à la moue gonflée de sommeil. Un goût de confiture de framboises lui vient aux lèvres, le ramène à Paris, à hier déjà si loin.

Accepter avec gratitude ce qui arrive. Souhaiter que cet instant s'étire à l'infini, se dilate comme il sent son propre cœur se dilater. Inattendu et moins chaste qu'il ne voudrait, le bonheur est là.

Il s'est jeté dans cet amour comme on se noie. Et Wanda ne s'y est pas trompée, elle, qu'il sent également habitée par un fond de sourde mélancolie. Elle aussi s'est lancée aveuglément dans cet amour comme qui n'a plus rien à perdre et pas de lendemain.

Ultime sursaut d'espoir. Élan où il reconnaît un geste de pur instinct, une urgence de survie semblable à la sienne. De la tristesse rôde qui les soude l'un à l'autre davantage, les unit autant par leurs craintes que par leurs espérances.

Wanda pivote vers lui d'un coup de reins, prenant appui dans le sable :

– Est-ce que quand vous pleurez ça fait des larmes bleues, monsieur Vieillot ?

De ses cheveux ensablés qu'elle ébouriffe pleuvent des pépites dorées.

– C'est dingue, j'ai l'impression qu'on est en fugue, pas vous ?… Comme des ados…

La phrase le frappe de plein fouet. Le mot « fugue » ricoche en lui, réveille d'anciennes plaies honteuses dont il ne voudrait rien savoir. Son passé l'envahit.

« Une fugue en amoureux », l'invite-t-elle, complice, et son corps de petit garçon frémit d'aise et de honte. Le bleu des yeux de sa mère vient de le ferrer.

– Demain, c'est le 1er août, je récupère Jim. Dommage de retourner à Paris… On va faire un vœu pour revenir vite, hein ?

Elle, Wanda, femme, petite fille, mère. Lui, enfant, père, grand-père, veuf. Superpositions temporelles. Dédoublement. Sentiment trouble de déjà-vécu. Quand était-ce ? Le retour du fils, Jim, c'est le sien.

Il a quatre ans, cinq ans, ce Pierrot parti fuguer avec sa mère.

En ce temps-là, elle est sa seule, sa préférée. Maman. Celle dont l'amour va le saccager. Voilà. Ça y est. Il sait.

Il sait pourquoi, durant tant d'années, il s'est privé

d'amour, s'est imposé un mariage de raison, a exercé une paternité bridée, absente d'effusions. Il sait pourquoi il a fait échouer cette Venise interdite, son amour pour Léa qu'il vient de bafouer.

Il est percuté par la révélation. Trop tard pour éviter l'impact, l'accident, le gouffre. Déjà sa mémoire se déchire, libère l'image fulgurante d'un enfant pressé à toutes forces contre un corps dénudé.

On s'empare de lui. On le malmène, on le secoue, on le griffe. Il est mouillé de sueur et de larmes. La scène d'épouvante si longtemps refusée l'aveugle. Irréfutable. Elle l'accuse, l'innocente, témoigne en sa faveur, le condamne. Il croit savoir mais ne sait rien encore. Il va savoir. Et tout se recompose inexorablement.

Dans quelle chambre sordide ? Dans quel hôtel miteux ?

Le petit garçon se débat, voudrait fuir. Il a si peur. Peur des cris, peur de son corps contraint, peur de la fascination abjecte du bas-ventre, des cuisses nues qui l'enserrent, le prennent en tenailles pour l'immobiliser. On va le tuer, c'est sûr. Il sait qu'il va mourir. Il le doit. Il a commis une faute, mérite d'être puni. De quoi ? Il ne sait pas. Faire que les cris cessent. Peut-être n'est-ce qu'un cauchemar. Arrêter de trembler. Ne plus claquer des dents. Il est glacé d'horreur.

Il se souvient.

Lutte désespérée dans la pénombre. Lumière blafarde qui tombe sur le lit défait. Corps obscur convulsé.

– Maman ! Non !

Elle n'entend rien. Elle supplie, elle réclame. Elle ordonne. Il ne comprend pas ce qu'elle veut ni comment obéir. Elle bascule en arrière, l'entraîne brutalement, l'agrippe aux épaules, le presse à l'étouffer contre sa poitrine élastique.

– Tète-moi ! Chéri... vas-y... mon chéri... mon bébé... tète...

Il reste inerte.

Alors, d'un coup sec, elle lui remonte le menton, lui amène le visage à hauteur de ses seins, lui impose un téton dressé, impudique. Et comme il continue à lui opposer sa bouche close, d'une voix de gorge qu'il ne lui connaît pas elle se met à hurler, l'invective, s'arc-boute sous lui. Il sent un doigt raidi lui desceller les lèvres, ses mâchoires céder.

– Tète, salopiot ! Mais tète-moi, j'te dis ! Qu'est-ce que t'attends ! ? Tète, bon sang !

Puis soudain radoucie :

– Allez, sois gentil... mon chéri... mon bébé d'amour...

Il suffoque, le nez contre les chairs molles. Il voudrait disparaître, échapper à ce piège dément. Mais il reste englué, hoquetant, envoûté. Peu à peu, à bout de force, il cède du terrain, s'abandonne à l'emprise de sa mère et, la bouche pleine du sein caoutchouteux, dans des borborygmes inaudibles, vaincu, il tente de plaider encore :

– Je suis gentil, Maman. Hein que je suis gentil ?

C'est inutile.

Elle règne. Il obéit. Il est à sa merci.

Alors, contre toute attente, sa langue le trahit. Elle devient avide, happe le sein obscène, accepte ce corps étranger qui s'enfonce en lui, accepte tout entier le grand corps moite. Il suce, suce jusqu'à l'écœurement le téton durci, entoure de ses lèvres l'aréole fripée qu'il noie de salive par crainte ou tentation d'y mettre les dents. Il ne respire plus. Il tète. Son cœur bat dans ses tempes. Ses oreilles sont sourdes au flot incohérent d'insultes, de gémissements, de mots d'amour mêlés. Il se perd, n'a plus de contour, son corps se dilue au milieu du corps haletant à l'identité incertaine. Et puis un long frisson le parcourt et il vole en éclats. Un haut-le-cœur le prend qu'il ne peut réprimer. Un jet incoercible de bile verdâtre inonde le corps cambré, poisse les longs cheveux répandus, éclabousse le visage hurlant.

Dans la pénombre, on l'écarte, on le repousse. Il pleure, demande pardon, quémande la pitié. Son nez coule. Il l'essuie du revers de la main et sa morve s'étale sur ses joues.

– Salopiot ! crie la mère, bondissant hors du lit.

Elle a rallumé le plafonnier. Dans la lumière crue, il la voit, incrédule. Elle se tord les mains, prise de soubresauts, se calmant par saccades, implore son pardon de fils tellement aimé, trop aimé, adulé. Elle l'exhorte au silence, lui ordonne à jamais un oubli immédiat. Il est question de faute, il ne sait pas laquelle, il ne sait pas de qui. Alors, pour en finir, il acquiesce à tout, promet tout ce qu'elle veut, jure sur sa tête à elle, sur celle du père, et même sur le crucifix de bronze qu'elle a décroché au-dessus du lit et dont elle l'oblige à baiser le Jésus dépenaillé.

Enfin, rompu de fatigue, il a dû s'en remettre à elle, en apparence revenue à la normale. Il a abandonné aux mains maternelles le soin de sa toilette. Elle l'a débarrassé de ses vêtements poisseux à l'odeur fétide, l'a lavé avec un gant, frotté d'une serviette rêche, momifié d'un drap propre. Elle le couche le long d'elle, paralysé d'angoisse, dans le lit d'infamie à peine retapé.

– Voilà. C'est fini. Plus de traces, tu es tout beau. Tu ne m'en veux pas, dis ? C'est déjà oublié, comme s'il ne s'était rien passé… Tu m'écoutes, mon Pierrot ? C'est un beau secret entre nous. Un secret de grand garçon.

Cela ferait de la peine à ton père s'il savait que tu m'aimes plus que lui, que tu m'aimes comme ça.

Il serre les poings, les mâchoires, les paupières, fait semblant de dormir. Il voudrait sombrer dans le sommeil, ne plus jamais se réveiller, craint qu'elle ne le touche encore, mais elle ne le touche plus, ne l'embrasse même pas pour lui dire bonne nuit.

Longtemps, dans le noir, il respire à peine, le cœur gros. Quelque chose lui a été confisqué. On vient de le chasser de son enfance.

Il s'extirpe du cauchemar que sa mémoire lui a fait revivre. Il en garde le regard brouillé, un goût nauséabond stagne dans sa bouche qu'aucune cigarette ne pourrait effacer.

Il revient à lui, à Trouville, à ce jour d'été radieux.

Au milieu de la flaque de soleil que réverbère le sable blanc, Wanda, alanguie dans la blancheur surexposée et l'odeur des embruns, le dévisage, souriante : depuis combien de temps ?

– Allez, monsieur Vieillot, venez. Voulez-vous bien me donner le *la* ? Vous savez… votre *la*… Vite un bisou sur le front pour que notre musique soit vraiment belle et bien accordée ! Après tout, une fugue, c'est un genre musical, pas vrai ?

Il se remémore la première apparition de la jeune femme à la piscine. À contre-jour, éblouissante, irréelle, droite au bout du plongeoir. Un mirage.

« C'est elle, ma maman, là-bas », avait dit Jim.

Il n'avait pas évalué, alors, l'ampleur du désastre. Il avait refusé l'onde de choc. À présent, le voici face à un amour intempestif, miraculeux, surgi avec la brutalité de l'évidence et la douceur d'une consolation.

– Pleurez vos larmes bleues, monsieur Vieillot, ça ne me fait pas peur.

Il avance vers les jeunes bras tendus.

Il va sans penser. Il va pour être enfin lavé de tout soupçon, de toute souillure. Pour être délivré de ses amours empoisonnées, de ses mues successives, de ses brouillons minables. Il va pour dire adieu à toutes les femmes aimées, si mal aimantes, si mal aimées, qui n'ont fait que guider ses pas jusqu'à cet instant-là. Pour qu'il vive. Pour qu'il vive enfin.

Et qu'importe demain.

DU MÊME AUTEUR

Je vous écris comme je vous aime
Calmann-Lévy, 2006

Mon cher amour
Rocher, 2009

Pour la jeunesse

Les Bobos de Lili-Bobo
Bordas, 1990
et Seuil Jeunesse, 1999

Les Colères de Lili-Bobo
Bordas, 1990

Les Mercredis de Lili-Bobo
Bordas, 1991
et Seuil Jeunesse, 2000

Lili-Bobo a le cœur gros
Bordas, 1991

Lili-Bobo chez sa copine
Bordas, 1991

L'Alphabêtisier
Bordas, 1991
et Seuil Jeunesse, 2001

Cent bêtes pour ceux qui s'embêtent
Seuil Jeunesse, 1994

Dico des bébés
Hachette Jeunesse, 1994
et Casterman, 2010

Le Dico des sorcières
Hachette Jeunesse, 1994

Les petits riens qui font du bien et ne coûtent rien
Seuil Jeunesse, 1995

Dico des filles
Hachette Jeunesse, 1995

Dico des garçons
Hachette Jeunesse, 1995

Lire et Savoir : la jeune violence
Gallimard Jeunesse, 1996

Dico rigolo des animaux
Hachette Jeunesse, 1996

Petite musique de pluie
Chant du monde, 1997

Les Petits Délices
Seuil Jeunesse, 1997

Les Deux Arbres
Casterman, 1997

Moi j'adore, maman déteste
Seuil Jeunesse, 1997

Dico médico
Hachette Jeunesse, 1997

Les Surprises de Boub
Hatier, 1997

Dico des papas et des mamans
Hachette Jeunesse, 1998

Le Doudou de Tiloulou
Éditions Thierry Magnier, 1998

Le Journal de Boub
Hatier, 1998

Dico tout faux
Hachette Jeunesse, 1998

Manger
Seuil Jeunesse, 1999

Dormir
Seuil Jeunesse, 1999

Pas de bisous pour Lili-Bobo
Seuil Jeunesse, 1999

Petit Cœur
Casterman, 1999
et Il était deux fois, 2008

Ta Lou qui t'aime
Seuil Jeunesse, 1999

Dico des monstres
Hachette Jeunesse, 1999

Les Premières Fois
Seuil Jeunesse, 1999

Devenir frère ou sœur
Seuil Jeunesse, 2000

Grandir
Seuil Jeunesse, 2000

L'Année terrible de Lili-Bobo
Seuil Jeunesse, 2000

L'Écrit adolescent
Éditions Thierry Magnier, 2000

Drôle de maman !
Seuil Jeunesse, 2000

Et puis après, on sera mort
Seuil Jeunesse, 2000

Les Gros Mots de Lili-Bobo
Seuil Jeunesse, 2001

Ma Lou adorée
Seuil Jeunesse, 2001

Couleur chagrin
Gautier-Languereau, 2001

Rue des deux maisons
Seuil Jeunesse, 2001

Cher Album
Seuil Jeunesse, 2001

Les Bêtises de Boub
Hatier, 2001

L'École
Seuil Jeunesse, 2002

Dimanche
Seuil Jeunesse, 2002

L'Agenda des petits riens
Seuil Jeunesse, 2002

Moi j'adore, la maîtresse déteste
Seuil Jeunesse, 2002

Poèmes à dire et à manger
Seuil Jeunesse, 2002

Monstres
Hachette Jeunesse, 2002

Il y a des heures qui durent longtemps
Éditions Thierry Magnier, 2003

Roule ma poule
Éditions Thierry Magnier, 2003

Voyager
Seuil Jeunesse, 2003

L'Anniversaire
Seuil Jeunesse, 2003

Poèmes à lire et à rêver
Seuil Jeunesse, 2003

Petites Popotes pour les petits potes
Seuil Jeunesse, 2003

La Quatrième Fille du docteur Klein
Seuil Jeunesse, 2003
et Nathan Jeunesse, 2009

Sauve-toi, Elie !
Seuil Jeunesse, 2003

L'Oiseau livre
Casterman, 2003

Des espérances
Seuil Jeunesse, 2004

Moi j'adore, maman aussi
Seuil Jeunesse, 2004

Bonjour bébé
Seuil Jeunesse, 2004

Petites choses pour ceux qui osent
Seuil Jeunesse, 2004

Poèmes à rire et à jouer
Seuil Jeunesse, 2004

Avoir un animal
Seuil Jeunesse, 2005

Être amoureux
Seuil Jeunesse, 2005

Copié ? Collé !
Nathan Jeunesse, 2005

Les Vieux Enfants
Éditions du Panama, 2005

Poèmes à vivre et à aimer
Seuil Jeunesse, 2005

Lol rigole
Éditions Thierry Magnier, 2005

Rêve de lune
Seuil Jeunesse, 2005

Lou pour toujours
Seuil Jeunesse, 2006

Voyage à Poubelle-Plage
Seuil Jeunesse, 2006

La Poche à bébé
Albin Michel Jeunesse, 2006

Les Petits Bleus au cœur
Seuil Jeunesse, 2006

L'Oisillon né sans nom
Éditions du Panama, 2006

Urgent, cherche grand-père !
Nathan Jeunesse, 2007

Prunelle de mes yeux
Atelier du poisson soluble, 2007

Chère Madame ma grand-mère
Nathan Jeunesse, 2008

Amoureux grave
Éditions Thierry Magnier, 2008

L'Antilivre de lecture :
Vous détestez lire ? Vous risquez d'adorer !
Albin Michel Jeunesse, 2008

Les garçons se cachent pour pleurer
Actes Sud Junior, 2008

Jamais de la vie !
Nathan Jeunesse, 2009

Voyelles
Seuil Jeunesse, 2009

Qui & Quoi ?
Océan Jeunesse, 2009

Colorissimots
Éditions Thierry Magnier, 2011

La Poubelle des larmes
Éditions Thierry Magnier, 2011

Dico des bêtises et autres catastrophes
Casterman, 2011

Je renaîtrai de vos cendres
Flammarion, 2012

Motamots
Éditions Thierry Magnier, 2012

RÉALISATION : PAO ÉDITIONS DU SEUIL
IMPRESSION : CPI BRODARD ET TAUPIN À LA FLÈCHE
DÉPÔT LÉGAL : JUIN 2012. N° 108199 (68204)
IMPRIMÉ EN FRANCE